KEITAI
SHOUSETSU
BUNKO
野いちご SINCE 2009

# 最後の瞬間(とき)まで、きみと笑っていたいから。

あさぎ千夜春

● STARTS
スターツ出版株式会社

カバーイラスト／沙藤しのぶ

どうしても
寂しくなったら
空を見上げて

ずっと見守ってるよ

ひとりになんかしない
いつでも
どこでも
そばにいる

contents

## 第1章　君と出会った春

| | |
|---|---:|
| 桜に溺(おぼ)れる | 8 |
| 絶対零(れい)度の流れ星 | 26 |
| 暴君(ぼうくん)のお世話係 | 44 |

## 第2章　君に恋した夏

| | |
|---|---:|
| 思わぬ夜の密会 | 54 |
| ハートに火がついた | 72 |
| 近づく夜空にキス | 96 |
| 好きになられたら困る | 112 |
| 薔薇(ばら)で黒猫で | 124 |
| 秘密 | 153 |

## 第3章　君と生きた秋

君のためにできること　　194

文化祭の奇跡　　207


## 第4章　君がくれた冬

星空デート　　230

神様に誓った日　　244


## 最終章　君と最後の瞬間(とき)

クリスマスの音色(ねいろ)　　270

未来へ　　277

エピローグ　　285


あとがき　　296

第1章
# 君と出会った春

# 桜に溺れる

　その日の夜のニュースは、午後から降りだした関東全域の豪雨の話で持ちきりだった。
「いつまで降るんだろう……」
　夕食を済ませたあと、リビングのソファーにごろりと横になって、ぼんやりとテレビの画面を眺めていた。
　3階建ての広々とした自宅の中にいるとあまり気にならないけど、外は相当な豪雨らしい。
　テレビの中では、カッパを着たリポーターが『この雨のせいで、桜が散ってしまいます！』と叫んでいる。
　仕事とはいえ、大変だなぁ……。
「桜、散るかぁ……縁起悪い……」
　体を起こし、膝を抱えると、洗いざらしの髪がさらさらと背中を覆っていく。
　ひとりごとが多くなるのは、この広い家に私ひとりだからなのかもしれない。
　私に父と呼べる人はいない。
　優秀な心臓外科医だった父は、私が生まれる前に酒もタバコもやめ、娘のために長生きするのだとこの家を建てた。でも、あっけなく脳梗塞でこの世を去った。今から10年前のことだ。
　お母さんは講演活動などで日本全国を渡り歩く売れっ子の料理研究家で、今日は関西に行っている。

お父さんが死んでから、お母さんの生きがいは私が医者になること、ただひとつになった。
　そのためにならなんだってすると話すお母さんのことは、ちょっと苦手だったりする。
　けれどそれを私は、黙って受け入れている。反抗することなんて、できなくて。
　いきなり、テーブルの上に置いていたスマホがガタガタと震える。お母さんだ。
　画面にタッチすると同時に、少しあせったような声が聞こえた。
『雨美花ちゃん？』
　壁の時計を見上げると、夜の9時。いつもならこちらに戻ってくる新幹線の中のはず。
　だけど電話の向こうからは、ワァワァと人の声がする。
「お母さん、どうしたの？」
『今、駅にいるんだけどね。この雨で新幹線の運行が止まってしまったの。次が出なくって……帰るのは明日になりそうなのよ』
「そうなんだ……」
　お母さんがいない。
　その言葉に一瞬胸がはずんだ。ホッとした。
　だけどお母さんの不在を喜ぶなんてと、すぐに後ろめたくなって、ごまかすように明るい声を出す。
「私はひとりでも大丈夫だよ」
　ソファーから立ち上がり、何気なく庭に面した窓のカー

テンを開けて、ビックリした。
「まぁ、確かに雨はすごいけど……」
　バケツをひっくり返したようなとはよくいうけれど、まさにそんな感じ。他人ごとと思っていたニュースと同じ景色がそこにある。
　これはちょっと怖いかも……。
　まるで閉じ込められているような、閉塞感。
　いつもはきれいに整えられている庭もなにも見えなくて、真っ暗だ。
　けれど電話の向こうのお母さんは、私のことなんかお構いなしに、ため息をつく。
『ほら、今日は塾の模試の結果が返って来る日でしょう？　だから気になって』
「あ……そっか……うん」
『あら、あまりよくなかったの？　でも大丈夫よ、アミカちゃんはパパの娘だもの。きっと志望校に合格するわよ。お母さんが保証します』
「……ありがとう」
　私の声が落ち込んでいるのは、成績が悪いからだと思ったみたいだ。
　確かにそうなのだけど、違う。違うんだ。
　そう言いたいけど、うまく言葉が出てこない。お母さんの機嫌を悪くしない自信がない。
『戸締りをしっかりね』
「うん、お母さんも気をつけてね……」

噛み合わない会話にむなしくなりながら、電話を切り、「はぁ」とため息をついた。
　お母さんの言う通り、この春から通い始めた予備校の模試の結果が送られてきていた。
　テーブルの上に置いてある封筒がそう。
　判定はE判定。志望校が国立の医学部という難関だというのもあるけれど、散々だ。
　私の進路はすべて医大、医学部。父への憧れもある。医者になれたらと思わないわけじゃない。
　でもこんな成績じゃ、医大なんて到底無理。
　だけど私を医者にしたい一心の母にはそれがわからない。私にならできると繰り返して、私を追いつめる。
「こんな成績見たら、泣いちゃうかもね……」
　テーブルの上に置いていた模試の結果をぐしゃりと握りつぶすと、頭の中にお母さんの悲しげな顔が浮かんだ。
『アミカちゃんはパパの娘なのに、どうしてできないの？』
　お父さんが亡くなったあとから、何百回も言われてきた言葉。
　どうしてどうして、どうして？
　どうしてできないの、なんて、私が知りたいよ！
　だけど、お父さんを亡くして私を医者にすることを生きがいにしてる人に、そんなこと言えるはずがないから。
　そんなとき私は、ギュッと唇を引き結ぶんだ。
　泣かないように、泣きごとなんか言わないように。
　ギュッと、息を止めて、噛みしめる。

辛くない。なにも辛くない。

自分に言い聞かせていると、そのうち、目の前がよく見えなくて、まるで溺れているような気分になる。

頭がぼうっとして、なにも考えられなくなる……。大丈夫。辛くなんかない……。

そのとき、ニュースキャスターが読む新しいニュースに、なにかが引っかかった。

ニュースの内容が気になって、息を吸う。

テレビの画面をじっと見つめる。

『——用水路などには決して近づかないよう、お気をつけください。○△町ではつい先ほど行方不明者が出て、現在消防による捜索活動が続いており……』

この雨でとうとう行方不明者が出たらしい。

用水路を見に行って、溺れてしまったのだろうか。

流されているときはどんな気分だったんだろう。

もがく手足。不自由な呼吸。

自然の前では、自分の体なんか思い通りにならない。

想像しただけで背筋がぞくりとする。

私もそこに飲み込まれたらどうなるんだろう。

ここではないどこか遠くの海に流れ着いたとしたら……。

その瞬間を想像したら、どうしてだろう。

溺れているはずの私の呼吸は、おどろくほど楽になっていた。

一歩足を進めるたび、長靴がガボガボと音を立てる。

なにやってるんだろう、私……。

あのニュースを見たあと、私は発作的に背中の真ん中まである髪をお団子にし、ビニールカッパを着て、傘を片手に外に出ていた。

とにかく用水路を見ないと気持ちにおさまりがつきそうになかった。

だから私はこうやって豪雨の中、不審者丸出しの格好で歩いている。

死にたいんだろうか。よくわからない。いや、死にたいというよりも、消えてなくなりたいのかもしれない。用水路の渦に私の存在なんか丸ごと、なかったことにしてもらいたいのかもしれない。

お母さんの期待にこたえられない自分が、怖い。お父さんのように立派な医者になれなかったら、私はなんのために生きているのか、わからない。

中学までは夢でよかった。

だけど高校に入ってしまったら、現実が襲いかかってくる。進路という現実が立ちはだかる。

怖い。医者になれない私なんて価値がない。煙のようにあとかたもなく消えてなくなりたい。

ここじゃないどこかに流されてしまいたい。

ああ、やっぱり私も流されたいのかもしれない。うんと遠くに。

自宅から1番近い用水路は、私も通っていた小学校だ。

その昔、小学校のあたりは沼地だったとかで、水はけが悪く、だから大きな溝が小学校を中心に張り巡らされているらしい。
「はぁ、キツイ……なんなの、この雨……」
　傘にたたきつける雨はずっしりと重く、いくら長靴を履いているとはいえ、道の端の用水路からあふれた雨水は私の足を鈍らせる。
　なんでこんな苦労をしてるんだろう。
　なんか、おかしくない？
　いや、おかしいよ……。なにやってんの。
　バカみたいだ……本当。
　思わず我に返った私は、立ち止まり、周囲をぐるりと見回していた。
　気がつけば目的の小学校の目の前だった。
　あたりはほぼ真っ暗で、いくつかの街灯がポツポツと明かりを灯しているだけ。
　道に並行するように桜の木が植えられている。
　天気さえよければ本当に眺めがいいだろうな。
　青い空とさっと刷毛で塗ったような白い雲。その下に広がる桜並木を想像すると、とてもいい気分になる。
　ほんの1週間前は、そうだったんだろうけど……。
　ニュースで言っていた通り、この雨で桜はすべて散ってしまったみたいだ。
　足もとを、雨がごうごうと音を立てながら用水路に向かって流れていき、その表面を覆った、桜の花びらがピン

クの帯みたいに向こうまで続いている。
「すごい……」
　こんな景色見たことない。
　怖いけど、不思議で、きれいで。思わずその中に長靴を入れる。
「うわっ……」
　足首より少し上くらいの水の流れだけれど、その勢いは強く、体がふらついた。
　そういえば、人は10センチの水でも溺れるってなにかで読んだことある。
　怖い……。
　足を引き抜き、改めてピンクの川の流れを見つめる。
　桜の花びらで覆われた水面は、雨に打たれてなお勢いを増し、うねうねと下っていく。
　まるで桜の花びらのミルキーウェイだ。
　流れる水の中に足を入れるなんて、小学生男子みたいなことしちゃったけど、桜に溺れて死ぬのも悪くないかもしれない。少なくとも、用水路に流されるよりきれいだし……。
　そんなことを考えながら、先を見つめる私の目に、突然なにかが映り込んだ。
　街灯に照らされた桜から、どんどん花びらが落ちていくその先。桜の木の下で、街灯の明かりに照らされて、白いなにかがひらひらと揺れていた。
　最初は鳥だと思った。近くにある大きな公園の池の水があふれて、そこに住んでいる白鳥が、ここまで流されてき

たんだって。
　でも、じっと木に引っかかっているのがおかしいなと思って、あれは花だと考え直した。白い百合かなにかが、桜の木の下に生えていて、雨風に揺れてるんだって。
　けど百合というには存在感がありすぎる。
　だからさらに距離を縮め、目をこらし、自分が見ているものがなにかわかって、いっきに背筋が凍った。
　花びらだと思ったところに指があった。
　指……。
　あれは、花でも鳥でもない、人の腕だ！
「ひっ！」
　息を吸い込んだ喉が、ヒュッとなる。
　人間はおどろくと、悲鳴すら上げられないんだって、そのとき初めてわかった。
　持っていた傘が私の手から離れて飛んでいく。
　こうなると膝丈のビニールカッパなんか役に立たない。
　降り続ける雨と風にあっという間に全身びしょぬれになって、でも動けなくて、ただパニックで、どうしよう、どうしようと頭がぐるぐるして、足がガクガクと震え、倒れそうになる。
　まさか先客がいるなんて！
　えっ、私どうしたら？
　死んでる人発見したら、どうしたらいいの？
　呆然とその人を見ていたら、指先がピクリと、動いたような気がした。

動いた……?

目をこらすと、指先が確かに、ブルブルと震えている。

これもまさかの展開だ。

えっ、生きてるの!?

頭がクラクラする。

倒れそう……って、倒れてるヒマない!

生きてるなら助けなきゃ!

カッと目を見開き、両手で思いっきり頬をたたく。

ジーンとしびれるような痛みが、これは現実だと私に教えてくれた。

こうしてはいられない。

桜の木の下まで駆け寄り、腕をつかみ、木の幹のくぼみに落ち込んだ体ごと引き上げた。

桜に溺れて死にかけているのは、男の人だった。

鳥や花に間違えるほど手が白く、おまけに顔も、作り物の人形みたいにきれいだった。

なんてきれいな人……。

ぼうっと見とれかけて、あわてて理性を取り戻す。

見とれてる場合じゃなかった!

意識を失った人間は、とにかく重いんだ。

「ねぇ、起きて! 大丈夫ですか!? 私の声、聞こえますか!」

声をかけながら、背中に回って両腕で羽交い締めにし、1段高く、水が流れない道路の端にズルズルと引きずって移動した。

「意識、ない！　呼吸は……してないっ！　脈も……ない！」
　息も感じられず、手首に指を当てても脈もない。
　ないない尽くしに泣きたくなる。
　10センチでも人は溺れる。そんなこと、本当なんて知りたくなかった！
　ジーンズにねじ込んでいたスマホを取り出し、震える指で119番をタップする。
「あっ、あのっ、私、散歩をしていて！　そしたら、ここに、人がっ……！」
　緊張のあまり、思うように言葉が出てこない。
『落ち着いてください！』
「はっ、はいっ！」
　やっとのことで場所を伝え、叫ぶ。
「人が溺れているみたいです！　意識がありません、早く来てください！」
　電話を切ったあと、びっしりと桜の花びらがまとわりついたその人の口の中に、指を突っ込んでかきまわす。
　抵抗もされなかったし、桜の花びらがごっそりと取れた。
　それから胸と喉を見ても、動かない。
　気道を確保したのに呼吸が戻らない！
　なんでなの!?
　恐怖で震えが止まらなくなる。
　歯がカチカチと音を立てて、頭の中で鳴り響く。
　高校生の私にできることなんてない。

私はお医者様じゃない！
　だったらあきらめるの？
　あきらめる？
　ダメ、あきらめるなんて、絶対ないよ！
　救急車が来るまでやらなきゃ！
「落ち着いて、アミカ。そう、呼吸が戻らないときは、胸骨圧迫30回に、人工呼吸２回を繰り返す。胸骨圧迫30回に、人工呼吸２回を繰り返すっ！」
　胸の真ん中あたりに手のひらを重ねて置く。そして思い切り圧迫した。
　これは本で読んだ知識だ。もちろん実行するのは生まれて初めて。
　もう、必死で、本当に必死で、氷みたいに冷たい唇に自分の唇を重ねて、息を吹き込んで、水を吸って重くなったその人のパーカー越しに、心臓マッサージを繰り返す。
「死なないで！　ねぇ、目を覚ましてよ！　がんばって、死なないで！　息を吹き返してっ！」
　５分、10分と簡単に時間が過ぎていく。
　終わりの見えない作業に、体力のない私の呼吸はすぐに苦しくなった。ゼエゼエと息が上がる。
　このままでは私まで呼吸が止まりそうだ。
　ウーウーウー……。
　もうろうとする意識の中で、救急車のサイレンが聞こえる。
「通報された方ですか！」

目の前に救急車が止まり、中から救急隊員が降りて駆け寄ってくる。
「あ、はい、そうで、す……！」
豪雨のせいか前がよく見えない。
だけど心臓マッサージをする手を止めるわけにはいかない。
助けなきゃ。この人が息をするまで、やめられない。
「そこで、溺れてましたっ……！」
「わかりました、あとはこちらに任せてください！」
任せろという言葉通り、救急車からストレッチャーが降りてきて、彼がのせられる。
すぐに酸素マスクがつけられるのが見えた。
ああ、よかった。よかったぁ……！
きっと助かるよ……よかったね……。
その瞬間、ストレッチャーの上の彼が、目を開けて、私を見たような気がしたのだけれど──。
「……えっ、ちょっと、君、大丈夫!?」
「え……？」
なにが？
救急隊員の顔が近づくと同時に、目の前が急に、真っ暗になった。

目を覚ますと、白い天井と、それから私の顔をのぞき込む、白衣の祖父の顔があった。
「……おじいちゃん？」

「目、覚めたか。大活躍だったな、アミカ」

　彫りの深い熊みたいな見た目に、大きな体。あごを覆う短くきれいに刈り込んだ白いひげ。白衣の胸もとには『院長・新井山隆春』と名札が付いている。

　そろそろ70歳になろうかという歳だけれど、老いは微塵も感じさせない、大好きな、尊敬する私のおじいちゃんだ。
「大活躍って……？」

　頭がぼーっとする。意味がわからなくて首をかしげると、
「おいおい、忘れたのか。人命救助だよ」

　豪快に笑って、壁に立てかけてあったパイプイスを引き寄せ、どかっと腰を下ろした。
「孫と知らない男が救急で運び込まれてきたんだ。ひっくり返りそうになったよ。でも発見が早かったのと、お前の適切な処置のおかげで、彼は息を吹き返したんだ」
「彼……あ、そっか！　私、救急車見たら、ホッとして気を失っちゃったんだ……」

　この街で1番古く、大きい病院を経営しているおじいちゃんは、亡くなった父方の祖父だ。

　先祖代々、一族のほとんどが医者か、医学者という新井山家の長でもある。

　ちなみにおばあちゃんは、私が生まれる前に亡くなっている。体が弱い人だったらしい。
「もう立てるか？　大丈夫そうだったらこれに着替えなさい」

　おじいちゃんが量販店の紙袋を差し出す。病院の近くに、

深夜まで開いている店がある。

きっと誰かに頼んで買ってきてもらったんだろう。

「うん」

私は簡易手術着に着替えさせられていた。

ベッド周りにカーテンを引き、着替えながらおじいちゃんに問いかけた。

「ねぇ、彼は本当に大丈夫なの？」

着替えながら脳裏に浮かぶのは、桜の花びらに溺れる彼の顔だった。

もしかして、私を気落ちさせないために助かったなんて嘘をついているんじゃないか。

ついそんなことを考えてしまうのは、桜に溺れた彼が人間離れした美しい顔をしていたからかもしれない。

私が神様なら、きっとお空の星にする。

「ああ、着替えたら彼の顔を見てみたらいい。ここにいるから」

「ここにいるの？」

Tシャツを頭からすっぽりとかぶった私は、カーテンから顔だけを出して背伸びをした。

「あ、本当だ……」

私の隣のベッドに、点滴を打たれた状態で彼が眠っていた。急いで短パンを履き、彼の枕もとに立ち顔をのぞき込む。

ベリーショートの黒髪に、伏せられたまつげは長く、目は切れ長だ。高い鼻にふっくらとした唇。手足が長く、背

が高い。だから普通のベッドが少しせまそうに見える。
　よかった。生きてる……。
「なぁ、アミカ」
「ん？」
「医者である前に、おじいちゃんとしては、大事な孫娘がなぜあんな時間にあんな場所にいたのか、気になるんだが」
「……それは」
　顔を上げると、私を強く責めるわけでもなく、本当に理由を知りたいというおじいちゃんの顔があった。
　心配かけちゃったんだ……。当然だよね。
　でもさすがに、どこかに消えてなくなりたくて、家を抜け出したとは言えない。
　そんな感情、私をかわいがってくれるおじいちゃんに知られたくない。だから嘘をついた。
「その……ちょっと疲れてて……外の天気がすごいから、歩いたら気分転換になるかなって……」
「気分転換……」
　おじいちゃんの顔に、そんなことあるか、ないだろと書いてある。
　でも私は、嘘と思われても本当のことを言うわけにはいかなかった。
「危なかったよね。心配かけてごめんなさい。そしてこのことは、お母さんには言わないでくれると助かる……お願い。もうこんなことしないって約束するから」
　早口でそれだけ言い、背の高い祖父を見上げた。

「わかった。苑子さんがこんなこと知ったら、大変だしな。院内のみんなにも口止めしておかなくちゃな」

いたずらっぽくニコッと笑って、おじいちゃんはパチリと私にウインクをして見せた。

苑子さんというのはお母さんのこと。

私が隠したがってるのがわかるから、わざと軽い調子で言ってくれたんだと思う。

「ありがとう、ごめんね」

おじいちゃんの言う通り、お母さんにはこんなことを知られたら、医者としてどうのって過剰に期待されそうでもあるし、逆に深夜に家を出たことに対して、行動が制限されてしまうかもしれない。知られないに越したことはない。

「しかしよく心肺蘇生法なんてできたな」

おじいちゃんが感心しながら、私の肩を抱き寄せる。

「……本は、読んでたから」

我が家にある医学書はすべてお父さんのもので、内容はほとんどわからないけれど、読めるものは目を通している。それは勉強ではなくて、私にとってはお父さんとの会話だと思ってるんだけど……。

おじいちゃんはどうも孫の私に甘く「えらいなぁ、アミカは」と、感心ひとしきりだ。なんだか恥ずかしい。

「そんなことないよ。運がよかったんだよ」

恐縮しつつも、私の視線はやっぱりつい彼の形のいい唇に向けられてしまって……。

ふと、氷のように冷たかった唇に、必死に息を吹き込ん

だことを思い出して、顔がカーッと熱くなった。
　そっか……心肺蘇生法をしたってことは……。
　キス……いや、えっ？
　まさか、あれ、私、ファーストキス？
　ファーストキス、しちゃったの？
　変な汗がドバッと出る。
　だから理性を総動員して、必死で自分に言い聞かせた。
　いや、これは人助け、忘れよう、ノーカウントだ。

# 絶対零度の流れ星

　夏服への衣替え(ころも)が始まる数日前の教室は、通学するだけでひと仕事終えた、というような疲れた顔をする生徒であふれかえっている。
　私は早めに来て、その日の予習をするから、HRが始まる直前のこの時間にはたいてい汗が引いているんだけど、ギリギリに来る男子たちは、暑さで死にそうな顔をしている。
「あっちぃ！　早く学ラン脱ぎてぇよな。つか、早くクーラー入れてくれたらいいのに」
　朝から声が大きい、彼の名前はタケル。
　教室に入ると同時に、急いで重たそうな学ランを脱ぎ、イスにかける。シャツの腕をまくり、首もとのボタンをふたつ外す。日に焼けた小麦色の肌は健康そのものだ。
　彼の席は、窓際最後尾の私の前。パタパタとノートで顔をあおぎながら後ろの席の私を振り返って、ニッと笑った。
「はよっす」
「おはよう、タケル」
「アミカはいつから夏服？」
「んー……。いちおう用意はしてるけど、また雨が降るとか言ってるから、悩んでる」
　夏服への移行期間は、6月の1日から1週間。
　私の通う私立高校には合服なんて便利なものはなくて。

だから、どのタイミングで夏服に替えるのかは悩みどころでもあるんだ。

要するに、クラスでひとりだけ夏服になるのが、恥ずかしいっていうそれだけなんだけど。

「あー、アミカ寒がりだもんな。手とか冷たいし。よしよし、お兄ちゃんがあっためてやろう」

タケルはペンを持っている私の手を、両手で包み込むようにして引き寄せた。

「いつ私のお兄ちゃんになったの？」

「そりゃ物心ついてからずっとだよ。なんだよ、兄の愛が伝わってないのかよっ！」

目を見開いて、ワザとおどろいたような表情をするタケル。いつもの家族ごっこだ。

「ふふっ、それはどうも。お兄ちゃん」

気安いタケルの言葉に、笑ってしまった。

ちなみにこの人懐っこさで、タケルは入学早々クラスでも人気者になっている。普段は引っ込み思案で言いたいことも言えない私にはまぶしい存在だ。

「こらっ、気軽にアミカに触るなっ！」

突然、パシーンと小気味いい音が教室に響く。

「いってぇ！」

それまでニコニコしていたタケルは悲鳴を上げ私からパッと手を離し、仁王立ちする彼女を見上げた。

「なにすんだよ、カナ！」

「なにって、お仕置きかな？」

サバサバした口調に、猫のような顔立ち。メガネをかけたショートカットの美人の彼女の名前はカナ。
　私とカナ、タケルは、幼稚園からの大親友。なんだかんだのくされ縁で、高校まで一緒になってしまった。
　ただタケルは去年部活を引退してから、毎日猛勉強してのギリギリすべり込みセーフなんだけど。
　合格発表の日はタケルの合格がうれしくて、3人で泣いてしまったことを、昨日のことのように思い出す。
「こわっ！」
　大げさにおびえるタケルと、手に持った教科書をわざとらしく振り上げるカナを見ていると、いつもの生活といった感じがして安心する。
　お母さんがいる家では緊張しっぱなしだけど、ふたりがいてくれることで私はいつも救われてる。これからも3人で仲良くできたらいいなって、心から思うんだ。
「アミカ、手、拭いたほうがいいよ」
　カナが通学カバンからウェットシートを差し出した。
「俺はバイキンかよ？」
「暑苦しいのが移るでしょ」
「なんだとー！」
「まぁまぁ……」
　いつものようにふたりをなだめていると、ガラリとドアを開けて担任の先生が姿を現した。
　騒いでいた教室はすぐ静かになり、生徒たちは前を向く。
「きりーつ、れーい、ちゃくせーき」

学級委員であるタケルが、号令をかけ終えると、お地蔵様によく似た風貌の花山先生が、メガネを押し上げながら教室内をぐるっと見回した。
「皆さん、おはようございます。今日は転校生を紹介しますよ」
「ええー！」
「マジで！」
　教室がいっきにどよめいた。
　それもそうだろう。5月末に転校生が来るなんて、聞いたことがない。
「女の子かな！」
　明るいタケルの言葉に教室内どっと笑いに包まれる。そして入口に向かって先生が手招きをした。
「多賀宮くん、入りなさい」
「はい」
　落ち着いた返事と同時に、彼が教室に入ってきたその瞬間、空気が変わった。
　まるでさわやかな風が吹き込んできたような気がした。
　彼は冬服で暑苦しい教室の中、たったひとり夏服だった。
　ベリーショートの黒髪はかすかに波打ち、澄んだ瞳は黒く、涼しげで。
　背は見上げるほど高く、白の開襟シャツからのぞく腕は意外にもたくましく筋肉質で、腰から下の太ももは、がっしりとしていた。
　なにかスポーツをしているのだろうか。長い手足とめぐ

まれた体形を見て、運動神経がほぼゼロの私は、うらやましくなる。
　だが教室はいきなりやってきた転校生のあまりのイケメンぶりに、主に女子が騒然とし始め、完全に手がつけられない状況になっていた。
「はーい、静かに。多賀宮くん、挨拶をお願いします」
「はい」
　多賀宮と呼ばれた彼は、背中の黒板に向き合って、チョークで名前を横書きで書いた。
　多賀宮流星。
　名前までイケメンだ。
　名前を書き終えたあと、彼はくるりとこちらを向く。
　どこから来たの？
　どうしてこの時期に転校してきたの？
　好きな食べ物は？
　どんな音楽を聴くの？
　きょうだいはいる？
　好きな子は、彼女はいる？
　気になることがいっぱいだ。
　教室の誰もが、イケメンがなにを言うのか、ワクワクして待っている。そのきれいで端整な顔を期待に満ちた目で見つめている。
　だけど彼は完全に冷め切った表情で教室内をぐるっと見回したあと、ものすごくえらそうに言い放ったんだ。
「くだらない質問は一切禁止。つか、できれば話しかけな

いでくれたら疲れなくて助かる。以上」
　はっきりと通る、甘く華やかな声だった。
　だけどその内容はあまりにも不穏で。
　当然、教室が、笑っていいのか、マジな話なのか、わからなくてビミョウな空気になる。
　爆弾が落とされた。そう思った。
　自分がこんな空気にしたわけじゃないのに、胸の真ん中あたりがギューッとつかまれみたいに苦しくなる。
　なんなの、この人!?
「ははは、なかなか言いますね。空いたところにどうぞ」
　教室の中で楽しそうに笑ってるのは花山先生だけで、そして多賀宮くんは特に顔色も変えず、なんと窓際最後尾の私の後ろに新しい机を持ってきて、座ってしまった。
　私の後ろ？
　今まで背後には誰もいなかったから、不思議な感じがする。
　ゴクリと唾を飲み込み、いちおう振り返って「新井山です、よろしくお願いします……」と声をかけてみた。
　だけど彼は私を見ることもなく、机に突っ伏してしまった。
　豪快に無視された……。
　いや、確かに用件がない限りは話しかけてくるなって言われて早々だったけど。
　挨拶くらい、返してくれてもいいのに。
　なんだか恥ずかしい。挨拶なんかしなきゃよかった。

気まずい気持ちのまま前を向くと、タケルと目が合う。
どうやら一部始終を見られていたらしい。当然、瞬間湯沸かし器みたいなタケルが黙っているはずがない。大きく見開かれた目は、多賀宮くんに注がれて、今にも爆発しそうな熱を秘めていた。

これはマズイ。
「タケル、あのね」
自分は気にしてないと口にしようとしたその次の瞬間、
「おいコラァ！　挨拶無視すんなやァァア！」
とイスから立ち上がり叫ぶ。
ビックリした。
私だけじゃなく、教室の30人の生徒みんなが、ビックリしたと思う。
だけど転校生の多賀宮くんは相変わらず知らん顔で、ピクリとも動かない。机に伏せたまま寝ている。

これもすごい度胸だ。大物だ。
「おいてめぇ、挨拶くらいしろ！」
タケルの怒りはそこで頂点に達したのだけれど、すかさず先生が「元気がありあまってるみたいですね。教材取ってきてもらえますか」と、タケルを教室から出て行かせて、なんとなく教室の空気がゆるやかにもとに戻っていく。
「はは、タケルのほうがよっぽどうるさくて教室を乱してるわよね」
ななめ前の方に座っているカナが振り返って笑うから、いちおう私も小さく笑って返す。

だけど多賀宮くんは、今後も教室をかき乱す、台風の目になるような気がした。なんとなく。

「なんなんだよっ、あいつっ！」

お昼休み、大きなおにぎりを口に運びながら、タケルが叫ぶと、

「ちょっとー、ごはん飛んでるし、汚いっ！」

私の右隣に座っているカナがサンドイッチ片手に、ゲシゲシとタケルの膝のあたりを足蹴りした。

ここは学食から通じている中庭だ。

広さは校庭のグラウンドの半分くらいで、テーブルやイス、ベンチもあり、天気がいい日は学食の外でも食事が取れるよう、開放されている。

テーブルやイスは上級生が主に使うので、新入生の私たちはどうしても芝生の上になるけど、100均で買ったレジャーシートを敷いて毎回ピクニック気分を楽しんでいる。

「だってよぉ……あれはないだろ、あれは」

タケルは蹴られながらも、ハァ、とため息をつく。

色々思い出してヘコんでいるらしい。

「マジで食欲失せるわ」

そう言いながら、パクパクとお弁当のおにぎりを口に運んでいるから、別に本気で傷ついているわけではないんだろうけど。

誰とでもすぐに仲良くなるタケルからしたら、多賀宮くんの態度は、相当なカルチャーショックだったみたい。

「ビックリしたね。勇気あるっていうか、なんていうか……」

多賀宮流星とタケルのやり取りは、うちの教室のみならず、他のクラスにもあっという間に伝わってしまった。

転校生で、しかも1年生。

友達ができるかなとか、いやな感じの子がいないかなとか、不安があって当然のはずなのに、多賀宮くんは誰も自分に関わるなとはっきりと言い、それを破って近づく人間（私だけど）を排除した。

すごい。私には絶対マネできない。

いや、マネしたいとも思わないけど……。

「なのに、女子はみんなクールでカッコいいって！　結局は顔なんだな、くそっ！」

大げさにのけぞって、タケルはそのまま背後に大の字になって倒れたかと思ったら、またガバッと起き上がって私の顔を下からのぞき込んできた。

「アミカもああいうのが好きなのかよ」

「え？」

好き？

好きもなにも、あの第一印象では怖いとしか思わなかった。挨拶だって無視されるし……。

「男っぽいのに、なぜかきれいに見える男子だなとは思うけど」

「キレーかぁ。残念、タケルにはない要素だね」

カナがクスクスと笑って、「うるせー」と、タケルがよけい唇を尖らせる。

「私は、好きとかよくわかんないな」
　とりあえずそう言って、お弁当のウインナーを口に運ぶ。
「アミカってホント恋愛に興味なしだよね」
　カナがあきれたように肩をすくめた。
「人生に潤いは大事じゃない？　別に本気じゃなくても、アイドルとか俳優とか見て、ときめいたほうがよくない？」
「うーん」
　言われてなんとなく、テレビで見るイケメン俳優の顔なんかを思い浮かべてみたけれど……。
　結局テレビの中の人はテレビの中の人で、距離がありすぎる。カッコいいとは思うけど、まるで実感がない。
　物心ついたときから、男の子を好きだなんて思ったことがない私は、恋をするのに向いてないんだろう。
「それに、カナみたいに美人ならまだしも、私、地味だし。恋愛なんて無理だよ」
　大事に取っておいた卵焼きを最後に口に入れる。
「なに言ってんだよ、アミカ。アミカはちょーかわいいぞ！」
　バカバカしいことをタケルが真面目な顔で言い放つ。
「かわいいってどんなふうに？」
　カナがニヤニヤしながらタケルに問いかけると、
「そうだな、例えて言うなら、あれだ、アミカはタンポポだっ！　子犬だっ！」
「タンポポ……子犬……」
　別にタンポポや子犬が悪いわけじゃない。でも褒められているような気がしないのは、気のせいだろうか。

「だーっ、そんな顔するなってぇ……」
「いや、気にしてないよ、ありがとう。それよりも明日からの実力テスト、がんばらないとね」
　タケルはいいやつだから、いつもこうやって励ましてくれる。
「いや、マジで褒めてるつもりなんだよ」
　がっくりうなだれ、タケルはそのままシートの上に倒れ込んだ。

　実力テストの結果が帰ってきたのは、それから10日後だった。
　クラスで４番、学年全体では20番。うちは県内でも有数の進学校だから、悪くはないけど、医大を目指すには正直厳しい結果だ。
「はぁ……」
　精一杯がんばったつもりだけど、ため息しか出ない。
　やっぱり私、ダメだなあ……。どうやったら成績ってドーンと上がるんだろう。
　いくら勉強しても、まったく結果に結びついていないような気がして、落ち込んでしまうよ……。
　こんな日くらい、気分転換にタケルとカナと３人で、アイスでも食べに行きたかったけど、ふたりはそれぞれ部活に行ってしまっていた。
　タケルはサッカー、カナは吹奏楽部でがんばっている。
　仕方ない。予備校が始まる時間まで、図書室で勉強でも

するか……。
　教室を出たところで、花山先生と多賀宮くんが向かい合って話しているのが目に入った。
　先生はニコニコしているけど多賀宮くんはぶっちょうづらで、ポケットに手を突っ込んで目すら合わせない。相手が先生じゃなかったら、きっとすぐに立ち去っているような、そんな感じ。
「失礼します」
　ぺこりと頭を下げて隣を通り過ぎようとしたら、
「ああ、新井山さん、待ってください」
　と、先生に呼び止められた。
「はい、なんですか？」
「新井山さんにお願いがあるんですけど、いいですか？」
「お願い……？」
　いったいこの状況でなにをお願いされるんだろう。
　内心ビクビクしながらふたりの顔を見比べる。
　多賀宮くんは相変わらずのぶっちょうづら。
　一方、花山先生は虫も殺さないようなニコニコ顔で、あまりにも酷(こく)なことを口にしたんだ。
「1時間ほど、多賀宮くんを見張っていてください」

　なぜこんなことになったんだろう……。
　私はいったん出たはずの教室に戻り、向かい合う形で多賀宮くんと机を合わせている。
　多賀宮くんは相変わらずの愛想のない顔で、ブルーの

シャーペンを指先でくるくると回しながら、机の上のプリントを凝視していた。
　ちなみにプリントの中身は、教科書をきちんと見ていれば問題がないレベルの数学の基礎問題。
　気になる……。
　多賀宮くん、試験は終わったばかりだっていうのに、いったいなんでプリントをやらされているの。なぜなの？
「言いたいことあるなら言えば」
　突然、下を向いたままの多賀宮くんが口を開いた。
　まともに声を聞いたのは10日以上前だから、脳の理解が追いつかなかった。
「……えっ？」
　今、私に話しかけた？
　おどろいて周囲を見回すけど、教室には誰もいない。
　開け放った窓から涼しい風が吹き込んで、カーテンを揺らすだけだ。
「お前だよ。なんなんだよ、カチコチ固まって。そんなに嫌なら断りゃよかっただろ」
　多賀宮くんが、プリントから顔を上げ私を見ていた。
　真正面から見ても完璧な、りんとした涼しげな顔で、まっすぐに射抜くように私を見ている。
「わっ、私に言ってるの？」
「他に誰がいるよ」
　不機嫌そうに眉が寄る。
　まさか話しかけられるとは思わなかったから、急な展開

に、ドクン、ドクン、と心臓が鼓動を速める。
「でも、質問一切禁止って言ってたから……話しかけるなって」
　おそるおそるそう言うと、多賀宮くんは「ああ……」と目を細めて、頬杖をついた。
「そういやそんなこと言ったか」
　あっけらかんとしているからビックリした。
　あんなこと言ってクラス中を凍りつかせておいて、忘れてるの？　信じられない！
「い、言ったよ、そのあと私、ちゃんと挨拶したのに、無視されるし……！」
「無視……したか？」
　怪訝そうに頭をかしげる。
「したよっ！」
　ムカついて、私らしくない大きな声が出た。なのに多賀宮くんは相変わらずどこ吹く風だった。なんなのこの人！
「じゃっ、じゃあ聞くけど、そのプリントなにっ？」
　言いたいことがあるなら言えばと言ったのは彼だ。勢いで尋ねると、あっさり返ってきた。
「個人的補習」
「え？」
「こないだの模試、白紙で出したからじいさんが代わりにこれ提出しろってさ」
　そして多賀宮くんは、シャーペンの先で、トントンとプリントをたたいた。

じいさんって、花山先生のことだよね。失礼な……。
　だけどテストを白紙で出すなんて、彼はなんのために学校に来ているんだろう。
　先生もこんな人の面倒を見させられて大変だな……。
　あきれてものも言えないわ。
「お前、代わりにやってくれよ」
「できるわけないでしょ」
　私ははぁ、とため息をつき、カバンから図書館でやろうと思っていた勉強道具を取り出した。
「要点は教えるから、ちゃんと自分でやらないと」

　1時間後、かなり面倒くさそうだったけど、多賀宮くんはなんとかプリントを埋めた。
　教えてみてわかったけど、多賀宮くんは頭がいい。
　1教えればすぐにその先まで思考が展開して答えを導く。その勘のよさにおどろいたし、ちゃんと勉強さえすれば、あっという間にトップに躍り出るに違いないって思った。だからよけいに腹が立った。
　やればできるのにやらないなんて、ぜいたく極まりなさすぎる。信じられないよ。
「じゃあ私、帰るね」
「いや、待て。これから1週間、やらなきゃいけないんだと」
「あ、そう……」
　だからなんだというんだ。不真面目な彼に付き合うヒマなんてない。私にはたった3年しかない。遊んでいるヒマ

もない。毎日少しでも勉強して医大に近づかないと、お母さんをがっかりさせてしまう。

机の上のノートを片付けていると、
「お前、名前なんだっけ」
と、多賀宮くんから問いかけてきた。
「新井山です、よろしくねって言いました」

私はあれから地味に10日以上、ヘコみ続けていたというのに。やっぱり聞いてなかったんだ。

イラついてつっけんどんな声になる。
「下の名前は」

私の名前なんて知ってどうするんだろう。
「必要ある？」

さらにイラッとしながら問いかけた。
「ある」

なのに、ハッキリ言われた。その声にドキッとする。

頬のあたりに視線を感じる。見られている。

ヤダな……。なんで見るの。

なにも気づいてませんという態度で、カバンに勉強道具を仕舞った。
「アミカですけど」
「新井山病院の……新井山雨美花？」
「病院はおじいちゃんの病院です」

その瞬間、多賀宮くんは、イスから立ち上がり、私の手首をつかみ引き寄せたんだ。
「なに、急に？」

さすがにおどろいて顔を上げると、そこには私以上におどろいた顔をした多賀宮くんがいた。
　切れ長の澄んだ瞳が熱っぽく輝いて、キラキラと光っている。
「なんだ、お前なのか」
「お前なのかって、なにが……」
　なんだか怖い。ドキドキする。
「俺が死ぬのをジャマした。お節介女」
　その瞬間、雷に打たれたような衝撃を受けた。
　死ぬのをジャマした……って。まさか。
　突然、私の意識が真っ暗闇の中に放り出されたような気がした。そう、あの夜へ。
　全身をたたきつける冷たい雨に、用水路に流れ込む大量の水。そしてピンクの桜の花びらが流れ着くその先にいたのは――。花や鳥だと見間違った、その腕。
　今、私の手首をつかんでいる大きな手。
　病院のベッドで見た顔と、今、私を見下ろしている顔が、初めて重なった。
　どうして気づかなかったんだろう。
　こんなきれいな顔してるのに。
「お前のせいで死ねなかった。お前のせいで、くだらない学校に行くはめになった。なにもかもお前のせいだ」
　多賀宮くんは冷めた目で、私のせいだと言いながら、手首をつかむ手に力を込める。
「そんな……」

人命救助をした。あのときの自分に、迷いはなかった。
　けれど目の前の彼は、よけいなお世話だったと私を非難する。
「どうしたらいいの？」
　とっさにそんなことを口にしていた。
　すると多賀宮くんはニヤリと笑って、私の体を引き寄せ、耳もとでささやいたんだ。
「お前は俺の学校生活のあれこれの面倒を見る義務があるんじゃないか？」
　突然のことに頭が真っ白になった。

## 暴君のお世話係
ほうくん

　眠い……昨日はほとんど眠れなかった……。
　まぶたをこすりながら、教室に入ると、
「アミカ、今日は遅かったじゃない。めずらしいね、遅刻ギリギリだよ」
　教室の入口付近で、クラスメイトとおしゃべりをしているカナに呼び止められた。
「ちょっと……眠れなくて」
「大丈夫？　あんまり無理しちゃダメだよ」
「うん、ありがとう」
　あのあと、多賀宮くんは硬直する私を置いて帰ってしまった。
　ひとり残された私は、しばらく教室でぼんやりして、それから予備校のことを思い出して、フラフラしながら予備校に行ったのだけど。結局勉強どころじゃなくて、なにも頭に残らなかった。
　確かに私が助けたのは彼なのに、今までふたりが私の頭の中でイコールにならなかったのは、多賀宮くんと"死"があまりにもかけ離れているからだ。
　だってあんなにふてぶてしくて、いい加減で……。
　私のせいで死ねなかったって言ってたけど、本当に死ぬ気だったの？
　死ぬ理由なんて、ないはずなのに。

なんで死のうと思ったんだろう。
わからない。本当に、多賀宮くんのことがわからない。
いったいなに考えてるんだろう。
それに私に面倒を見る義務があるなんて、冗談だって思いたい……。
教室の入口から、窓際最後尾の彼の席を見る。
多賀宮くんはまだ来ていなかった。彼はいつもギリギリか、午前中に来なければ昼からしか姿を見せない。休まないけど、かなり不真面目な生徒だ。
今日彼が来たら、聞いてみよう……どうしてあの日桜に溺れていたのかを。
そう心に決めた瞬間、
「よう」
「きゃっ！」
いきなり声をかけられて、飛び上がらんばかりにおどろいてしまった。
急なことに足もとがふらついて転びそうになったけれど、トスンと体が受け止められる。
ハッとして振り返ってみれば、多賀宮くんが背後から転ばないよう受け止めてくれていた。
「なんだ。軽いな、お前」
頭上から響く声に、ワナワナと体が震えた。
「な、な、なっ……」
偶然の事故とはいえ、あまりの近さに顔がカーッと熱くなる。

けれど多賀宮くんはさして気にしていないようだ。そのまま私に顔を近づけた。
「昨日の約束、覚えてるだろうな」
　誰にも聞こえない小さな声で、彼は私にささやきかける。
「おっ、覚えてるけどっ……」
　やっぱり昨日のアレは有効なの？
　声がうまく出ない。ひっくり返る。
「覚えてるけど？」
　彼は私の言葉を、わざとらしくおうむ返しする。まるで私の反応を楽しんでるような、意地悪な感じ。
　だけどそれどころじゃない。
　やっぱり近い……！
　澄んだ目に見つめられて、息が止まりそうになる。
　長いまつげに囲まれた大きな目。まるで吸い込まれそうな黒い瞳の中には、窓から差し込む太陽の光のせいか、星が輝いている。
　この人、目の中キラキラしてる。
　なんてきれいなんだろう……。
　不真面目でやる気のない嫌な奴だって思うのに、悔しいけれどその一瞬、私は全部を忘れて、ただ私を見つめる彼の星みたいなきれいな目に見とれていた。
「コラーッ！　てめえ、多賀宮！　アミカになにしやがる！」
　教室の奥にいたタケルが大声を上げて、教室の目がいっせいに私に注がれる。

「別に」
　多賀宮くんはさっと私から顔を離すと、何事もなかったかのように、スタスタと自分の席に戻っていった。
　その背中を見つめながら、私の心臓は口から飛び出しそうで、血がすごい勢いで全身を駆け巡って、なんで私はこんなにドキドキしているんだろうと考えて、きっとビックリしたからだと自分を納得させた。

　それから私は、多賀宮くんの放課後の個人補習に付き合うことになった。
　このことは誰にも内緒。
　タケルなんかに知られたら、怒られそうだし、なによりいい意味でも悪い意味でも目立っている多賀宮くんとふたりきりなんて、私まであることないこと言われそうだし、他人のウワサのネタになるなんて絶対に嫌だ。
　だから教室から人がいなくなるまで待って、人が完全にいなくなったのを見計らって、私が後ろの多賀宮くんに向けて、机を向かい合わせにする。
　そして彼が問題につまったら説明して、解かせて、その繰り返し。
　5教科のプリントは、花山先生がわざわざ用意してくれたもので、なんでこんな不真面目な奴にそこまでしてあげるんだろうと、モヤモヤしたけど。それも今日で終わりだ。
　そう、終わり。ああ、よかった！
　最終日の今日、花山先生が、様子を見に放課後の教室に

やってきた。
「できた」
　シャーペンを置いて、多賀宮くんがイスに座ったまま背伸びをする。
「はい、がんばりましたね」
　彼が解いたプリントに目を通し、うんうんとうなずく。
　だけど多賀宮くんはそんな花山先生を、冷めた目で見上げる。
「じいさん、なんで俺にこんなことやらせるんだよ。意味ないだろ、ムダだよ」
「たっ、多賀宮くん？」
　まさか担任の先生を目の前で"じいさん"呼ばわりするなんて。
　他人ごとながら、胸の真ん中あたりがキューッと締めつけられる。
　危なっかしくて見ていられない。
「ダメだよ、先生だよ」
　思わず真面目に注意してしまった。
　なのに多賀宮くんときたら、肩をすくめてイスから立ち上がると、なれなれしく小さな先生の肩を抱いて顔を近づけたんだ。
「いいんだよ。マジで俺のじいさんなんだから」
「え？」
　マジで俺のじいさん？
「生徒たちには内緒ですよ、新井山さん。彼は私の孫なん

です」
　先生は顔をくっつけられても特に嫌がる様子もなく、ニコニコしている。
「ええっ!?」
　穏やかで、お地蔵さんの生まれ変わりかな？って感じの花山先生の血筋から、こんな生意気で不真面目な男の子が生まれるなんて！
　遺伝の神秘だ。おどろきしかない。
「じゃあ俺帰るから」
　そして多賀宮くんはバッグをつかんで、さっさと教室を出て行ってしまった。
　あまりの切り替えの速さに声をかけるヒマもなかった。
　付き合わせた私にはひとこともなし？
　そりゃ、本人が望んだことじゃないかもしれないけど、信じらんないよ。
　思わず真顔になる。
　そんな顔を見られたせいか、
「新井山さん、助かりました。本当にありがとう」
　先生が深々と頭を下げてきた。
「い、いえ……！　別に先生にお礼を言われることじゃないです！」
　先生に頭を下げられるなんて初めてだから、あわてて首を振る。
　だけど先生は「このことだけじゃないですよ」と、なんだかうまく笑えないような、申し訳なさそうな、複雑な表

情になった。
　このことだけじゃないって……。
　ああ、そうか。いくらおじいちゃんに口止めしたとはいえ、花山先生が多賀宮くんのおじいちゃんってことは、当然……彼が死のうとしたこと、知ってるよね……。
　怒りはあっという間にどこかに飛んで行ってしまった。
「娘……流星の母と一緒に、お礼に伺うべきだと思ったんですが、あいにく娘はイギリスで教鞭をとっていてね。いや、そうじゃなくても、帰国するべきなんですが……」
　なんだか含みのある表情で、先生は目を伏せる。
「じゃあ多賀宮くんは、今はお父さんと一緒に住んでるんですか？」
「10年前に両親が離婚してね、あの子はITエンジニアをしている父親についてドイツに住んでいましたが、ひとりで帰国してきたんですよ」
　ということは、今は外国に住む両親から離れて、花山先生と一緒にいるってことなんだろうか。
「そうだったんですか……」
　なんだか複雑な家庭事情があるみたい。だとしても、あの態度はないと思うけど……。
「でも、意味ないとか、そんなことないですよね。勉強は将来のためになりますもん。先生のプリントはムダじゃないです」
　彼は意味なんかないって言ったけど、そんなはずない。
　私の言葉に、花山先生は穏やかに笑った。

「新井山さんは優しいですね」
「えっ、そんな、優しくなんかないですっ」
　あわてて首を振ったけれど、花山先生は改めて「孫を助けてくれてありがとうございます」と頭を下げた。
「先生……」
　これは先生じゃなくて、おじいちゃんとしてのお礼なんだ。
　私はおじいちゃん子だから、頭を下げる先生を見て、涙が出そうになった。
　あの夜、桜に溺れかけていた多賀宮くん。
　本気かどうかはわからないけれど、死ぬ気だったという、多賀宮くん。
　私が助けたこと、多賀宮くんは迷惑そうだった。
　彼はまだ死ぬ気なんだろうか。
　そのことを考えると、背筋がゾッとした。
　なんとなく流されて、消えたいと思った私よりも、ずっと闇が深い気がした。
「よかったら、気にしてやってください」
「……はい」
　祖父の顔になる先生に、嫌だとは言えず、うなずいてしまっていた。

第2章
# 君に恋した夏

## 思わぬ夜の密会

　とはいえ、補習が終われば多賀宮くんとの関わりなんて、席が前と後ろなくらいで他になんにもない。
　気がつけば季節は夏になり、教室にはやっとクーラーが入り、お昼ごはんは教室で取るようになっていた。
「アミカ、マジでダメなのかよ」
　いつもの大きなおにぎりを食べながら、タケルが「夏休みになったらプールに行こう、花火を見に行こう、遊園地に行こう」と騒ぐ。
「うーん……人気の講座、すぐ埋まっちゃうから、それが決まらないとなんとも」
　そして私と言えば、予備校の夏期講習のパンフレットと朝からにらめっこ中だ。
「夏休みも勉強するのかよ……」
「むしろ夏休みこそ勉強しないと、少しでも成績を上げて、判定をよくしないと」
　ここでがんばらなきゃ、少しでも結果を残さなきゃ、お母さんに失望されてしまう。
　お母さんは毎日、夜ごはんを食べながら私の勉強の進捗を聞く。
　予備校の成績も、学校の成績も、全部把握してるし、学校の三者面談でもとても熱心だ。私を医者にするために生きていると、豪語するくらいに。

お母さんがたびたび家をあけるのは、私の教育費を捻出するために、料理研究家として講演や教室を全国で開いているからだ。
　だから、私が結果を出さなければ、お母さんの努力がムダになってしまう。そんなこと絶対に許されない。だから今よりもっとがんばらなくっちゃ。
「でもさ、1日くらい遊んでもよくないか？」
　タケルが背もたれに肘をつき、私の顔をのぞき込んだ。
「無理しすぎると体に悪いぞ。体も心も、たまにはリフレッシュしないと。うん、ここは俺に任せてだな……って、いてててっ！」
　急に悲鳴を上げるタケルを見ると、カナに耳を引っ張られていた。
「こら、アミカのジャマしないのっ！」
　紙パックのジュースを片手に持ったカナは、微かに日に焼けていた。吹奏楽部で体力作りのために外を走っているからだ。吹奏楽部というところは文系に見えて、かなりの体育会系らしい。
　それにひきかえ私は真っ白で、医者を目指しているというのになんだか不健康そうで、恥ずかしくなる。
　無意識に、手のひらでむき出しの腕をなでていた。
「タケル、先生が呼んでる」
「わっ、わかってるよ、すぐ行くよ、てか、俺はアミカをジャマしたいんじゃねぇよ、あくまでも気分転換にだな、って、いてえって、耳っ、耳ーっ！」

タケルは引きずられながら、教室を出て行き、それからカナがひとりで戻ってきた。
「ホントにもう、タケルってバカなんだから……自分が遊びたいだけじゃない」
　ブツブツ言いながらタケルの席に座り、紙パックのジュースを飲むその顔は優しい。
　でも昔から、なんだかんだ言ってタケルの誘いに乗ってあげるのは、カナだから。今年の夏もきっとそうなるに違いない。
　私も花火くらいは参加させてもらおうかな。予備校の帰りにでも合流できるだろうし。
　そんなことを考えていると、ストローをくわえたまま、フチなしメガネを指で持ち上げ、じっと私を見つめるカナと目が合った。
「どうしたの？」
「あたしもタケルも、アミカががんばってるのわかってるから。ときどきパンクしないか心配になるんだよ」
　突然の言葉に、パンフレットをめくる手が止まった。
「あんた、ちょっと前、パンクしそうな顔してたでしょ。桜の時期くらい」
　ギクリとして、唇を噛みしめる。
　桜の時期といえば、多賀宮くんと出会ったときがまさにそうで、確かにここ最近で1番ナーバスになっていた。
　今振り返ってみれば、たぶん中学から高校に環境が変わって、あせっていたせいだと思うんだけど。

親友は私よりも、私という人間のことをお見通しらしい。
「だけど、ガス抜きできたのかな……1週間くらいで戻ってたから、言わなかったけど」
　カナは紙パックを畳みながら、目線を手もとに落とす。
「昔から、アミカがお母さんの期待にこたえるために、がんばってるの知ってるし。だから休めとは言いづらいけど、たまには息抜きも必要だからね。別に無理してどこかに出かけなくても、私が話し相手になるし」
「うん。ありがとう」
　うれしくて、じんわりと胸の奥から熱いものがこみ上げてくる。
「もう、そんな泣きそうな顔しないのっ」
　カナはニッコリと笑って、それから私の頭をヨシヨシとなでた。
　こんなふうに見守ってくれる友達がいるんだもん。もっとがんばらなくっちゃ。


　外に出ると、むわっとした空気に体が包み込まれる。
　クーラーで冷えきった体が混乱するような暑さだ。
　もう夜の9時を過ぎたのに、こんなに蒸し暑いと夜も寝苦しいだろうな……。
　講義のあと、質問に行っていたから帰りのバスが来るまで少し時間が空いてしまった。
　冷たい飲み物でも買って帰ろうと、コンビニに向かう。
　繁華街から少し離れたビジネス街にあるコンビニは、昼

間は予備校に通う学生であふれている。
　だけどこの時間はいっきにお客さんがいなくなって、なんとなく寂しい感じがする。
　なんだか怖いな。早く帰ろう……。
　目当てのミルクティーを買ってコンビニを出たところで、「セーラー服の君、どこ行くのー」と、大きな声で呼び止められた。
　セーラー服？
　思わず立ち止まって周囲を見回すと、金髪の明らかにタチの悪そうな男の人が、しゃがみ込んでタバコを吸っていた。他にもふたり、似たような感じの人がいて、ジロジロと私を見ている。
　怖い……。
　後ずさってコンビニに戻ろうとしたら、
「おいおい、マジモンのＪＫじゃん」
「しかもけっこうかわいくねぇ？」
　と、あっという間に道をふさがれ、３人に取り囲まれてしまった。
「お兄さんたちと遊びに行こうよ。車あるからさ、家まで送ってあげるよ」
　最初に声をかけてきた男が、ニヤニヤしながら私の顔をのぞき込んでくる。
「いっ、いいですっ……！」
　顔をそむけたけれど、タバコ臭い上に、アルコールの匂いもした。最悪だ。

「いいですぅーって、かわいー!」
　もうひとりに声マネをされ、ギャハハと笑われて、顔がカーッと赤くなる。
「や、やめて、くださいっ……!」
「おいおい、JKがおびえてるじゃーん!」
　私が抵抗すればするほど、おもしろがってつついてくる。
　全身から変な汗が吹き出してきた。
　頭がクラクラして体がふらつく。
「向こうで話そうか」
　腕をつかまれて、引きずられた。
「や、やだっ……!」
　あわてて腕を引いたけれどビクともしない。
「やだ、助けてっ……!」
　その瞬間、なにかが私の前に風のように飛び込んできた。
　あっと思った瞬間、ドスンと音がして、私をつかんでいた手が離れて、金髪の男がアスファルトの上に倒れていた。
　なにが起こったかわからなかった。
「おい、走るぞ」
「えっ!?」
　目を疑った。
　なぜか多賀宮くんが私を背中にかばうようにして立っていたんだ。
　なぜ、多賀宮くんが?
　彼の向こうには、私同様、いきなりのことにあっけにとられている男たちがいる。

「だから、逃げるんだよ」
　自由になったはずの手首がまたつかまれる。
　だけどさっき知らない男につかまれたときのような、嫌な感じはしなかった。
　グイッと引っ張られて、そのまま彼は走り出す。
「あっ、おいこら待てっ！」
「なんなんだテメェ！」
　後ろから怒号が聞こえて、バタバタと追いかけてくる音がした。
　どうして多賀宮くんが!?
　だけど追いかけられている恐怖から、すぐに頭が真っ白になった。必死で足を動かして、多賀宮くんの背中を追いかけるしかなかった。

　ビジネス街の大通り沿いを駆け抜け、左折したり、右折したり、肺が苦しくなって、なんでこんなに必死になって走っているのかわからなくなったところで、腕をまた強く引かれた。
「こっちだ」
　ビルとビルの隙間の、路地裏に身をひそめるようにして入り込むと、多賀宮くんは壁を背にして私の体を正面から抱き寄せる。
　コンビニでミルクティーを買って、からまれて……そしたら多賀宮くんが現れて……。
「おい、あいつらどこ行ったっ……！」

大声を上げながら目の前を男たちが通り抜けていく。
「……っ！」
　恐怖で体が硬直する。息ができなくなって、きつく唇を噛みしめる。
「……あきらめたみたいだな」
　しばらくして発せられた、多賀宮くんの言葉に、力が抜けて、ずるずるその場に崩れ落ちてしまった。
「っ、ううっ……」
　安心したら、涙がドバドバあふれてきた。
「泣いてんのか」
　多賀宮くんがあきれたような口調で、目の前にしゃがみ込む。
「別にっ……ビックリしただけっ……」
　あわてて否定したけど、涙腺が壊れたのかなって思うくらい涙が出て、止まらない。
　普段、人前で泣いたことなんてない。恥ずかしい……。
「うっ、ひっくっ……ううっ……」
　しゃくり上げながら、ゴシゴシと手の甲で涙をぬぐう。
「見え透いた嘘つくなよ。バカか、お前」
　キツイことを言う多賀宮くん。
　だけどその声は案外優しかった。
　だから私は……思わずそのまま、目の前の多賀宮くんに、抱きついてしまったんだ。
「ちょっ、なんだよ、急に！」
　多賀宮くんはおどろいて一瞬体を硬直させたけど、結局

私を無理に離そうとはせず、息を荒げてしゃくり上げる私の背中を、落ち着かせるようにトントンとたたき始めた。
「まったく……手がかかるヤツ」
　まるで子供みたいな扱いに、変な気分になったけど……。
　多賀宮くんの腕の中は広くて、熱くて。怖くて死にそうで、子供みたいに泣く私を全部、すっぽりと包み込んでしまって。
　壊れそうなくらいドキドキしていた心臓も、そうやって抱きしめられている間に、ここは安全な場所なんだって理解して、落ち着きを取り戻し始めていた。
「……ごめん、もう、大丈夫」
　私の言葉に、多賀宮くんは「あっそ」とうなずく。
　その声があまりにも近いから、顔を上げると、至近距離で目が合う。
　お互いの目にお互いの影が映るくらいに、近く。
「……お前の目って」
「ごっ、ごめんっ！」
　多賀宮くんはなにか言いかけていたけれど、それどころじゃなかった。
　あわてて距離をとり、なんとか立ち上がる。そして多賀宮くんに向き合った。
「あの……助けてくれて、ありがとう……」
「いや……まぁ、たまたま運が悪かっただけとは思うけど、当分あのコンビニには行かないほうがいい」
「うん、そうする……」

彼がいなかったらどうなっていたんだろう。どこかに連れて行かれたかもしれない。
　世間の物騒なニュースが連想されて、自分もそうなっていたのかもしれないと思うと、また足が震えた。
「じゃあな。そこからタクシー拾って帰れよ」
　多賀宮くんは、目の前のタクシー乗り場を指差し、いつものさっぱりとした調子で路地裏から出て行く。
　今さら気づいたけど、彼は麻のシャツにジーンズ姿だった。
　私服、初めて見た……。
　目の端に残る涙を指で拭き、彼の背中に向けて、もう一度お礼を言おうと口を開きかけたのだけど――。
「まっ、待って！」
「は？」
　肩越しに振り返る多賀宮くんを、あわてて追いかけて腕をつかんだ。
「ここ、怪我してない!?」
　肘のあたりをすりむいている。
　なのに多賀宮くんは、顔色ひとつ変えない。
「ああ……さっきちょっとアスファルトでこすったかもな」
　コンビニでの場面を思い浮かべる。
　そういえば、多賀宮くんが私の前に飛び込んできたときって、横からビューンって、飛んできたような感じだった。突然のことだったからよくわからなかったけど。
「なめとけゃ治るよ」

「そ、そんなわけないでしょ！」
　どうでもよさそうに行ってしまいそうになる多賀宮くんに、後ろからしがみついた。
「治療しなきゃダメッ！」
「お前なぁ……」
　私にしがみつかれた多賀宮くんは、ハァとため息をつきながら肩越しに振り返った。
「血も出てないし、たいしたことない」
「よくないよ！　破傷風とか、怖いんだよ、なめちゃダメ！」
　放っておけるはずない。しかも私を助けるために負った傷なのに。
　どこにも逃さないぞと腕に力を込めると、
「わかったわかった。お前、普段は弱そうなのに、変なところで頑固だな……」
　根負けしたのか、また頭上からため息が聞こえた。


　タクシーを拾って多賀宮くんを押し込み、家に帰った。
　今日もお母さんはいない。いたらどうなっていただろう。からまれたところを彼に助けてもらったって話したら、きっと大騒ぎしてたに違いない。
　そんなことになったら、かえって迷惑をかけることになる。いなくてよかったかも……。
　彼の傷を洗面台で洗い流し、３階の私の部屋へと連れて行き、救急箱から取り出したガーゼで傷をふさいだ。
「……終わりました」

ホッと胸をなで下ろすと、
「なぁ」
怪我なんかどうでもよさそうに、多賀宮くんは部屋の中をぐるっと見回した。
なんだか目がキラキラしている。
私の部屋は、窓際にベッド、それ以外の壁は作り付けの本棚になっていて、天井の高さまでぎっしりと本をつめられる。当然ある程度の高さになると手が届かないから、ハシゴもついている。本好きにはたまらない部屋かもしれない。
多賀宮くんも本が好きなのかな？
そんなことを思ったら、彼は天井を指差した。
「この部屋、どういう作りになってんの。天井、かなり高いし。ドームになってないか」
「ああ……ここ、プラネタリウム室にもなってるの」
「なにそれ、見たい」
「えっ」
「見せろ」
「あ、うん……」
なんで彼はこんなにえらそうなんだろう……。
頼まれているのか脅されているのかわからないまま、立ち上がって入口ドアの横のボタンを押した。
すると窓がある壁以外に作り付けられた本棚の上から、暗幕が自動でゆるゆると降りていく。
「電気消すね」

部屋の明かりを消し、床に置いていた家庭用プラネタリウムを起動させると、高い天井や壁に、12万個の星空が浮かび上がった。
「わ……」
　多賀宮くんが、声を上げる。
　まるで子供みたいな顔をして天井を見上げるから、なんだかちょっとうれしくなった。
　この部屋を設計したのはお父さんだから、お父さんのことを褒められたような気がした。
「すごいでしょ！　これを家庭用とあなどるなかれ、星好きの本物志向のための、シリーズ最高級モデルなんだよ。しかもランダムで流星だって流せるし、このリモコンで操作したら、自分の誕生日の夜空だって流せるんだか、きゃっ！」
　調子に乗ってペラペラと機能の説明をしていたら、いきなり多賀宮くんに、後ろから肩を抱かれて。
　振り返ると同時に、彼の人差し指が、そっと私の唇の上に乗った。
「……うるさい。少し黙ってろよ」
　低い声でささやく多賀宮くん。
　うるさくしたのは私が悪かったけど、指……指っ！
　返事したくても、唇の上に乗っている彼の指の感触にドキドキして、声が出せない。
　だから無言で、必死でうなずくしかなかった。
「それでいい」

うなずく彼の顔が近づいて、彼の髪が頬にふわふわと触れる。
　唇から指が離れて、抱かれていた肩がそっと離される。
　もうっ、もうっ、ドキドキしすぎて死んじゃうよ！
　多賀宮くんのバカッ！

　プラネタリウムを起動したのは、久しぶりだった。
　眠れない夜はときどきつけて寝るけど、ここ数ヶ月はそれすら面倒くさくなっちゃって、仕舞い込んでいたんだ。
　きれいだなぁ……。
　明るい星、そうでない星。
　目には見えないけれど確かに存在する星。天の川が光の帯になってキラキラと輝いている。
　太陽系より遠い夜空の星の大半は、うんと遠い。秒速30万キロの速さで輝いていても、地球に届く頃にはなくなっているかもしれない。
　それでも星がそこにいた証がこのきらめきなんだ……。
　改めて星の美しさに胸が熱くなる。
　こんな気持ちになれたのは久しぶりだった。
　これって、多賀宮くんのおかげだよね。彼が見たいと言わなかったら、せっかくお父さんが作ってくれたこの部屋のプラネタリウムは、まだホコリをかぶっていたに違いないんだから。
　感謝の気持ちで、すぐ隣に肩を並べて座っている、多賀宮くんの横顔を何気なく盗み見て、おどろいた。

てっきりもっと冷静な目をしていると思ったのに、彼はまるで子供みたいに、きらきらした目で空を見上げていたから。
　多賀宮くん、こんな顔するんだ……。
　意外なものを見た気がして、なんだか胸がまたドキドキしてきた。
　と同時に、ふと脳裏によみがえるのは、桜の下で溺れていた多賀宮くんで。
　彼がどうしてそんなことをしようとしたのか、気になってしまう。
　多賀宮くんは、どうして死のうと思ったの？
　今はこんなふうに純粋な目で星空を見上げられるのに、どうして？
　まだ死にたいって、思ったりしてるの？
　ドキン……ドキン。
　意識し始めると、とたんに心臓が胸の中で跳ね回る。
「あの……」
　勇気を絞り出して口を開いた次の瞬間、パッとプラネタリウムが消える。
　プログラムが終わったんだ。
「えー、もう終わり？」
　多賀宮くんが子供みたいに唇を尖らせた。
　その表情にハッと我に返った私。あわてて言葉をのみ込んだ。
「どうして死にたいと思っていたの？」なんて、とても言

えなくなっていた。
　一面の星が消えて、暗幕がかけられただけの部屋になる。
　気を取り直して、
「……どうだった？」
　と尋ねると、彼は「いいな」とシンプルに答えた。
　言葉を尽くすわけじゃない。おしゃべりってわけでもない。
　共感したいとか、私にわかってもらおうなんて思ってない感じが、私には逆に、なんだかとても大人っぽく思えた。
　多賀宮くん……不思議な人だな。
　男っぽくて、きれいで、大人っぽいけど、子供みたいなところもあって……。
　自分勝手で自分のことはどうでもよさそうなのに、私のことは助けてくれた。
「なぁ、またプラネタリウム見に来ていいか」
　帰るというときになって、玄関で靴を履きながら、多賀宮くんは玄関に立つ私をじっと見上げた。
　そんなに気に入ったとは思わなかったけど、プラネタリウムを見つめる多賀宮くんの顔を思い出したら、断れるはずがない。
　それに……あんな顔、また見たいって、思ったんだ。
「うん。いいよ。水曜日なら夜は確実に私ひとりだから。予備校が終わる水曜日の夜に来てくれる？」
　私の言葉に、多賀宮くんは目を細めた。
「お前な、それはマズイだろ」

「なんで？」
　水曜日の夜に用事でもあるのかな？
　だけど多賀宮くんは、
「かん違いする」
　とだけ言ってきびすを返し、ドアを開けてさっさと出て行った。
　さようならの挨拶もなし。
　つくづく余韻（よいん）とか、空気とか、無視する人みたいだ。
「かん違い……かん違い……？　どういう意味だろう」
　戸締りをして、部屋に戻りプラネタリウムを片付ける。
　ふと、長い足を片方伸ばして、私の部屋でくつろぐ多賀宮くんの姿を思い出した。
　ここに多賀宮くんが座っていたんだ。
　もう彼はここにいないのに、彼の気配が残っている。
「あ……そっか」
　唐突に、多賀宮くんが言ったことの意味がわかった。
　ここはプラネタリウム室である前に私の部屋で、プライベートな空間に、彼と私でふたりきりになるからだ。
　だから親がいないときに来てって誘い方はマズかったんだ。
　彼の発言の意味がわかって、急に恥ずかしくなった。
「きゃーっ」と叫びながらベッドに飛び込み、自分の軽率さに足をバタバタさせてしまった。
「そんなんじゃ、ないのにっ……！」
　多賀宮くんはとっくにいなくなっているのに、そうじゃ

ないと、言い訳のようなひとりごとが口から飛び出る。
　そんな女の子だって思われた？
　いや、違う。
　違うとわかっていたから、彼は苦笑したんだ。
　そうだよ。多賀宮くんは私のことなんかなんとも思ってないし、無理やり連れてきたのは私だし、彼がうちに来たいっていうのも、プラネタリウム目当てだしっ……。
　私だって多賀宮くんのこと、なんとも……なんとも思って……ないし。
　思ってない？
　本当にそうだろうか。
　ふと、キラキラと光る星空を見上げる、多賀宮くんの横顔が浮かんだ。
　いつもの、どこか人を突き放すような目じゃない、ピュアな横顔。
　あんな顔もするんだって思ったら、もっと見たいって思ったんだ。
　そして彼のことをもっと知りたいって……。

## ハートに火がついた

　それから多賀宮くんは、毎週水曜日にうちに来るようになった。
　というか、それ以前に、私を予備校まで迎えに来てくれるようになった。聞けば花山先生の住む家がこの近くにあるらしい。
「じいさんが寝るの、9時半だぞ。家ん中真っ暗だから、けっこう出歩いてるんだ」
　だけど私はそのおかげで助かったんだから、先生には感謝しかない。
「先生、何時に起きるの？」
「4時」
「早いねぇ……」
　4時なんて、下手したら眠れなくて起きている時間だよ。
　多賀宮くんとふたりで氷をたくさん入れたアイスティーを飲みながら、ベッドを背にして床に座り、作り物の星空を眺める。
　最初は緊張したけど、今はしない。
　不思議だな。
　学校じゃ同じ教室の後ろ前に座っているけど、多賀宮くんは朝からいないことが多いし。来ても昼からとか、週に一度は学校を休んでるし。
　小学生の頃から皆勤賞のタケルなんか、「あいつは不良

だな！」なんて、目くじら立てて怒ってたけど。
　だけど毎週水曜日は必ず私を迎えに来てくれて、こうやって私の部屋で星を見るのが当然になっていた。
　彼はそんなつもりないだろうけど、ちょっと特別な感じがしてうれしい……。
「夏に冬の空見るのも、なんか変だな」
　今日はたまたま冬の空を見ていた。
　冬の星座はわかりやすいから、つい選びがちになるだけなんだけど。
「春も見られるよ。見る？」
　リモコンを持ち上げると、
「……いや、いいよ」
　多賀宮くんは首を振った。
　彼の向こうにさそり座から逃げるオリオンが輝いている。
「春の星は、春に見ることにする」
「そっか」
　春の星座ってなにがあったかなぁ、なんて考えていると、隣の多賀宮くんがポツリとつぶやいた。
「……なんか、礼をしなくちゃいけないんだと」
「え？」
「じーさんが、お前に、なにかお礼をしろって」
　話の流れがよくわからない。
　彼の言う"じーさん"はもちろん花山先生のことだけど。
　お礼？

「えっと……プラネタリウムのお礼ってこと？」
「まぁ……そうだな。考えとけよ。疲れないやつで頼む」
　そして多賀宮くんは、星を見終えたあと、何事もなかったかのようにうちを出て行った。


　お礼って、どうしたらいいんだろう……。
　水曜日の夜にお礼を考えておけと言われてから、金曜日の今日まで、私なりに一生懸命考えてみたけれど、なにひとついい考えが思い浮かばない。
「じーさんが、お前に、なにかお礼をしろって」
　多賀宮くんはそう言った。
　そういえば多賀宮くんのこと、花山先生からよろしく頼まれてたんだっけ……。
　正直、言われたことをすっかり忘れていた。
　だって、水曜日に会ってバイバイして、木曜日と金曜日は、少し寂しくて。土曜日くらいから来週会えるなって考えて、月曜日になったらあさってだ！って、うれしくなって。
　火曜の夜からはずっと、水曜日のことを考えている。
　授業中だって、集中しなきゃって思うのに、気がついたら多賀宮くんのことを考えている。要するにほぼ毎日、多賀宮くんのことを考えているんだ。
　そんな私がお礼をもらうなんて変じゃない？
「……ミ、カ、アミカ！」
　ポンと肩をたたかれて「ひゃっ！」と悲鳴を上げた。

振り返ると教科書を胸に抱えたカナが不思議そうに私を見下ろしている。
「なにボーッとしてんの？　次、移動教室だよ。行こ」
「あ、そっか、ごめん……」
　あわてて教科書を机から取り出し、立ち上がった。
　多賀宮くん、まだ戻ってきてない……。
　彼は昼休みにふらっと出て行ってまだ戻ってきていない。荷物はあるから帰ってはいないはず。今日は朝から来ていたのに、どうしたんだろう……。
　後ろ髪引かれながらも、視聴覚室に向かった。
「今日は音楽関係の映画鑑賞の時間です。ニコロ・パガニーニを描いた作品です」
　母親とそう変わらない歳の音楽の石川(いしかわ)先生は、スクリーンを下ろし、ニコニコしながらDVDをセットする。
「先生、俺、クラシック聴いたら眠くなるんだけどどうしたらいいの？」
　タケルが不安そうに尋ねると、
「まあ確かにリラックスして眠くなる曲もあるけれど、パガニーニは違います。寝てなんかいられないわよ。来週、感想文を書いてもらいますから、ちゃんと見てくださいね」
　それから視聴覚室の分厚いカーテンが閉められる。
　席は横長の、4人座れる1枚イスになっている。
　私は1番後ろの出入口側にカナと並んで座り、メモのためのノートを広げた。
　悪魔に魂を譲り渡して演奏技術を手に入れたという、ニ

コロ・パガニーニ。5歳でヴァイオリンを始め、13歳で演奏できない曲がなくなったといわれる天才。

その技術でショパンやリストをとりこにし、そして男としても、数々の女性と浮名を流してゆく。

映画の中のパガニーニは、天才で孤独で、愛に飢えた破滅型のロックスターだ。

誰も追いつけないような才能にあふれているのに、なにひとつうまくいかない。

見ていると胸が苦しくなる。

私に才能があったなら、きっともっとうまく生きるのに。誰も傷つけず、音楽でみんなを幸せにするのに……。

カタリ、と音がした。

隣に誰か座ったんだ。

目をこらすと、それは多賀宮くんで。

「あ……」

思わず声を漏らした私に、彼は自分の唇の前に人差し指を当て、それから頬杖をつき、スクリーンを眺める。

それから、映画はいいところで止められてしまった。

残りは次週らしい。

「おい、カナー！」

カナはタケルに呼ばれて、「ごめんね」と席を立った。

明かりがついて、視聴覚室がザワザワしても、多賀宮くんはじっとスクリーンを眺めていた。

「続きが気になるね」

彼の横顔に声をかけた。

「そうか？　もう結末はわかりきってるだろ」
　わかりきっているという割には、とても真剣に見ていたみたいだ。泣いたみたいに、白目が少し、充血して赤い。そんなわけないけど。
「わからないでしょ。彼女とうまくいって幸せになるかも」
　映画の中で、パガニーニは興行主のお嬢さんと恋に落ちていた。お嬢さんはとてもピュアできれいで、魅力的なので、パガニーニはいっきに参ってしまったのだ。
「んなわけねぇ。あいつはろくな死に方をしないね」
　かわいそうな176年前に死んだパガニーニ。
　今、極東の国の男子高校生にろくな死に方をしないと言われるなんて、夢にも思ってないだろうな。
　そして多賀宮くんは、体の前で腕を組んだまま問いかける。
「で、考えたか？」
　考えたかって、"お礼"のことだよね。
「ま、まだ」
「早くしろよ」
「うん……」
　多賀宮くんがちょっとイラついて見えるのは、私へのお礼なんか、さっさと済ませてしまいたいからだろう。
　そうだよね。花山先生に言われてだし……。
　面倒って思って当然だ。
　わかりきっていたことだけど、やっぱり少しだけ落ち込んでしまった。

授業の終わりを知らせるチャイムが鳴り始める。
「じゃあ残りは来週。夏休み直前最後の授業になります。感想文を書いてもらうから、皆さんそのつもりでね」
石川先生はそう言って、視聴覚室を出て行った。
「感想文かぁ……」
思わずため息が出る。
なにを隠そう、私は感想文というのが、昔から苦手。
自分が思うことを言葉にして、誰にもわかるように説明するというのが、難しい。自分の言葉だけで原稿用紙を埋める人は、本当にすごいと思う。
「見終わったあと、すぐに感想文なんて書ける気がしないよ」
そう泣きごとを言うと、多賀宮くんがふと、思いついたように口にした。
「レンタルして、先に見れば」
「あっ、その手があったか」
「これ、お礼にするか。よし、付き合ってやる」
私へのお礼なのに、多賀宮くんが決めてしまった。
しかも一緒にDVD見るって。プラネタリウムとそう変わらない気がするんですけど……。

というわけで、放課後、多賀宮くんとレンタルショップに行くことになった。
もっと早くいいお礼を考えておけばよかった……。
カバンに教科書を仕舞いながら、若干テンションを下げ

ていた私だけど。そこで、はたと気づいた。
　レンタルショップに行くって、学校帰りにそのままふたりで出かけるってことだよね。
　ふたりで教室を出て、街に行くってこと？
　それって、それって……デート……みたいな。
　いや、デートじゃないけど！
　でもふたり……。しかも昼間……明るい時間だ。
　予備校終わりに会うのとは全然違う。なにがどう違うって、説明しづらいけど私には全然違う。
　えっ、どうしよう。途端に緊張してきた。
　ごくりと息をのむと、前の席のタケルが、くるっと振り返った。
「アミカ、今日は予備校休みだろ？　俺とカナも部活休みなんだ。カラオケでもいかねぇか？」
「えっ？」
　思わず変な声が出た。
　カナもカバンを持って私の机に駆け寄ってきた。
「行こうよ、久しぶりに」
「でっかい声出して歌ったらスッキリするだろ」
　タケルがニシシと笑う。
「え、あの、今日は、ちょっと……」
「んー、なんか用事でもあるんか？　終わるまで待ってるぞ」
「終わるまで……って、それがその……」
　どう説明したものかとしどろもどろになっていると、後

ろの席の多賀宮くんが、ガタンと音を立てて立ち上がった。
「アミカ」
　ちょっとぶっきらぼうな、でも甘い声。
　ハッとして振り返ると、カバンを持った多賀宮くんが私を見下ろしている。
「俺と、行くの、行かないの？」
　決断を迫るその目に見つめられた瞬間、私の心に火がともった。
　それまでくすぶっていた心の中の火種に、ふうっと息を吹き込まれたような。
　あやふやで形を持っていなかったなにかが、はっきりとした熱量を持って生まれたような気がした。
　ああ、そうか。私、好きなんだ。
　多賀宮くんが、好きなんだ。
　なにを迷っていたんだろう。
「行く」
　立ち上がって、カバンをつかんで、
「えっ？」
「はっ？」
　と、目をまん丸にするタケルとカナを振り返って、頭を下げた。
「ごめんね、また誘ってね！」
　そしてなにも言わず、さっさと教室を出て行く多賀宮くんを追いかける。
「えっ、ちょっ、アミカーッ！」

遠くからタケルの悲痛な叫び声が聞こえたけど、足を止めることなんてできなかった。


　なんてことない普通の白いシャツに、制服のズボン。
　だけど彼の後ろ姿は、廊下を歩いていても、どれだけの人の中にいても、すぐにわかる。
「歩くの速いね」
　追いついて声をかけると、
「お前がちまちま歩くからだろ」
　多賀宮くんはふっと笑って目線だけ私に向けた。
　お前……か。さっきはアミカって呼んでくれたのに。何気にすごいドキドキしたのに。
　またなにかのきっかけで呼んでくれないかな。
　そんな都合よくはいかないかな……。
「えっ、あれ……ほら」
「多賀宮くん？」
　靴を履いて校舎から出ると、女子が私と多賀宮くんを見て、おどろいたような顔をしている。
　その視線は、歩けば歩くほどどんどん多くなる。
「えーっ、ショック……」
「なんか意外ー」
　ヒソヒソしてるけど、隠す気もなさそうだ。
　私ならいいと思ってるんだろう。
　そうか。彼の隣を歩くというのは、こういうことなんだ。
　彼はなにかと目立つ生徒で、私はそうじゃない。

なんだか多賀宮くんに申し訳ないかも。
　だからつい、歩くのが遅くなって、気がつけばどんどん、彼との間に距離ができてしまった。
　バス停を目の前にして、多賀宮くんが立ち止まり振り返った。
「……お前、もう疲れたの」
「そういうわけじゃ……」
「しょうがないな」
　多賀宮くんは私がノロノロ歩くのに合わせて、歩調をゆるめてしまった。
「えっ、いいよ、ちゃんと追いかけるよ！」
「いちいち振り返るのが面倒なんだよ」
　そして多賀宮くんは私の隣に並ぶ。
　誰がどう見たって不釣り合いなのに、多賀宮くんは気にならないんだろうか。
　夜、人目があまり気にならないときならまだしも、今は生徒がたくさん見ているのに。
「お前、なに考えてんの？」
　バス停の端に立ち、唐突に多賀宮くんが尋ねてくる。
「なにって……」
「言いたいことあるなら言え。黙ってちゃわかんねぇよ」
「えっ、でも、言いたいこと言うって、怖くない？」
「なんで」
　まさかなんでと言われるとは思わなかった。
「なんでって……こんなこと言って嫌われたらどうしよう、

とか」
「わざわざ嫌われるような悪口を面と向かって言いたいのかよ。だったら黙ってたほうがいいかもな」
「そ、そうじゃないよ、別に悪いことじゃなくても、言いづらいっていうのはあるんだよ」
「今のお前みたいに？」
「今の私みたいに……」
「ふぅん」

　歯切れの悪くなる私に、彼は目を細めてなにか言いたげに肩をすくめる。

　なにその目。まるで私が臆病者だって言いたいみたい。いや、言ってるんだ。私、多賀宮くんに挑発されてるんだ。
「多賀宮くんこそ、今、なにか言いたそうじゃない。だけど言わないってことは悪口なの？」

　だからついムクれてかわいくないことを言ってしまった。
「言っていいの」

　多賀宮くんは切れ長の目を細めて私を見下ろす。
「いいよ、別に。悪口だって正面から受け止めれば悪口かもしれないけど、見方を変えて、多角的に物事を見る訓練になるからね」

　そんなこと微塵も思ってないけど、まさに売り言葉に買い言葉だ。
「地味だとかパッとしないとか、ある意味堅実ってことだし、私、とりあえず努力はいやじゃないし、地道にコツコツと――」

「お前、かわいいよ」
「……んあっ!?」
　変な声が出た。衝撃のあまり、女の子らしくない変な声が出た。たぶん口、開いてたと思う。
　えっ、今なんて言ったの？
　ぽかんとしたまま、多賀宮くんを見上げた。
「俺はお前のことそこそこ気に入ってるよ。だからこうやって一緒にいるんだろ。誰にも強制されてない」
　彼は黒い目で隣を歩く私をじっと見つめる。
「他人の評価なんか気にするな。自分の生き方は自分で決めるんだ」
　自分の生き方は自分で決める……。
「……うん」
　うなずくと「よし」と言って、多賀宮くんは私の頭を手のひらでポンポンとたたいて「行くぞ」と、やってきたバスに乗り込んだ。
　そこそこ……というのは、とりあえず横に置いておくことにした。
　だって、初めて多賀宮くんの心の内側に触れられたような気がしたから。
　うれしかった。すごく、うれしかったんだ。


　目当てのDVDはすぐに見つかった。
　1週間レンタルだから、今度の水曜日に見ればいい。
「ただいまレンタル1回につきハッピーくじを引いていた

だけまーす。豪華景品目白押しなのでどうぞー」
　カウンターでレンタルの手続きをすると、店員のお姉さんが四角い箱を差し出してきた。
　手を入れるところが黒いひらひらで隠されている、典型的なくじ引きの箱だ。
「でも、私くじ運ないからなぁ……」
　どうせキャンディ1個とかに決まってるし。
　あの、明らかな参加賞を引いたときの店員さんがかもし出す、ドンマイって空気が、苦手なんだよね……。
　すると隣に立っていた多賀宮くんが、
「じゃあ俺が引いてやる。1等の松阪牛狙いだ」
「えっ？」
　箱にズボッと手を入れて、あっという間に黄色い三角の紙を引き出した。
　そして止める間もなくペリッとはがして、中に書いてある文字を読み上げる。
「3等……1等じゃないのかよ」
　かなり不服そうだ。よっぽどお肉が食べたかったんだな。
　でも3等ってなんだろう。
　カウンターの上に置いてあるポップを見ると同時に、
「おめでとうございますー！」
　カランカランカラン！
　お姉さんがどこから出したのか、ハンドベルを鳴らす。めちゃめちゃ目立ってるんですけど。
　そして差し出されたのは、

「遊園地のペアチケット……」

そう、3等はこの街にある遊園地のペアチケットだったんだ。

お姉さんはニコニコして「よかったですね。おふたりでどうぞ」とチケットを渡してくれた。

でも遊園地って……。

受け取って固まる私。

「よし、それはお前にやるよ」

多賀宮くんのセリフに、

「いや、もともと私のじゃない？」と、いちおう突っ込んで返した。

どうやら多賀宮くんにその気はないようだ。ここは一緒に行く流れなんじゃないの。

「……疲れるだろ。暑いし」

私の無言の圧を感じたのか、先回りしてそう答える多賀宮くん。

「まぁ、そうだよね……」

多賀宮くんは疲れることが嫌いだもんね。

でも遊園地のチケットかぁ……。

タケルとカナにあげようかな。ふたりでなら行くんじゃないかな。遊びたいって言ってたし、きっと喜んでくれると思うけど……逆に気を遣わせちゃうかな。私の分を出すって言いそうな気がするし……。でも3人だと遊園地って周りづらいよね。偶数じゃないと……。

封筒からチケットの中身を取り出す。

表にトワイライトパスポートと書いてあるそれは、夕方6時から9時まで使えるパスポートらしい。
　夜の……遊園地。
　ドクン……ドクン、と心臓が主張を始める。
　どうしよう。どうしたらいい？
　ううん、違う。私はどうしたいの？
　私の頭に、ひとつの想いがくっきりと形を作る。
「どうした」
　黙り込んでいる私に、多賀宮くんが怪訝そうに眉を寄せる。
　言うしかない！
「あっ、あのね。これ、やっぱり私、多賀宮くんと一緒に行きたいっ！」
　チケットを彼に向かって差し出した。
「は？」
「トワイライトだから、夜だし。時間も短いから疲れないよ。どうかな。夜でも無理？」
「……」
　多賀宮くんは、真顔でじっと私を見下ろす。
　数秒して、ふっと、力が抜けたような優しい顔になった。
「どうした急に。俺が言いたいこと言えって言ったからか」
「そっ、そうだよ、そうなの、だから……勇気を振り絞ってみたんだけど、どうかな……」
「なんかズリィ言い方」
　クッと喉を鳴らして多賀宮くんは笑い、そして私の手か

ら、チケットを1枚引き抜いた。
「わかった」
「いいの？」
　彼の返事に、天にも上りそうな気持ちになる。
　実際まっすぐ立っていられないくらい、テンションが上がった。
「お前、しっぽちぎれそうだぞ」
「えっ？」
「犬っころみたい」
「犬……」
「お手」
「ワン……」
　つい、彼が出した手に手のひらを乗せてしまった。
　その瞬間、クールな多賀宮くんが、吹き出した。
「お前、それ、反則っ……」
　きれいな顔をくしゃくしゃにして、多賀宮くんが笑う。
　まるでお花みたいな、きれいな多賀宮くんが、ゲラゲラと笑うのはちょっと変、というか違和感がある。
　だから、レンタルショップの客が、怪訝そうに私たちを見て、通り過ぎていく。
「ちょ、ちょっと笑いすぎだよ……」
　いちおう言ってはみたけれど、ダメだった。
　多賀宮くんはおなかを抱えてヒーヒーと笑った。
「お前、忠犬アミ公って感じだもんな……！」
「アミ公って……」

「最初から思ってたんだよな、猫じゃなくて、犬だって！ 主人の帰りを待つ忠犬アミ公だ！」
 多賀宮くんは笑うけど、私には忠犬という立場は実に魅力的な気がした。
 だって待っていい立場なんでしょう？
 そして主人は、多賀宮くんなんでしょう？
 聞きたかったけど、やめておいた。
 多くを望むにはまだ早すぎる。
 だって私は今ようやく、彼への恋心を自覚したばかりなんだから。


 多賀宮くんと別れたあと、バスの中でスマホを見たら、カナからメッセージが来ていた。
【ちょっとーどういうことなのー？】
 猫のスタンプがおどろいた表情をしている。
 そりゃそうだよね。ビックリしちゃうよね。
【ごめんね、誘ってくれたのに】
 申し訳なくなりながら返事を送る。
 するとすぐに既読になった。
【電話していい!?】
【今バスの中だから、帰ったら電話する】
 とりあえずそう返事をして、スマホをカバンにしまった。
 ふうっと息を吐き、それから窓の外を見つめる。
 電線に区切られた薄紫。その少し下のだいだい色の空。アスファルトに伸びる街路樹(がいろじゅ)の影。

こんなに世界はきれいだったかな。
　太陽が沈み始めた街並みの景色は、昨日と同じはずなのに、どうしてだろう。なんだかきれいに見えた。
　いったいなにが変わったの。私は昨日の私と一緒のはずなのに……。
　不思議で仕方なくて、いつまでも、窓の外を眺めていた。

　家に帰ると玄関に見覚えのない靴が並んでいた。
　お母さん以外に、女性のパンプスが2足と、男性の革靴。お客さんが来ているみたいだ。
「ただいま」
　リビングをのぞくと、テーブルで若い女の人がふたりと、おじさん、そして、お母さんの4人がくつろいだ様子で紅茶を飲んでいる。
　めずらしいな……。いつもは私の勉強のジャマになるとか言って、人を呼ばないのに。
　上機嫌のお母さんが私を手招きする。
「アミカちゃん、こちら私の料理教室の生徒さんたちよ」
「おかえりなさい」
「おジャマしてます」
　お母さんの前に座っている女性ふたりは、おしゃれでお金を持っていそうな、若奥様風だ。
　だけど隣のおじさんも？
「ハハッ、僕は違います」
　私の言いたいことが伝わったのか、おじさんは笑って、

シンプルなフレームのメガネを押し上げた。
「こちらは谷尾(たにお)さん。お母さんが新宿でやってる教室のビルのオーナーさんなのよ」
「初めまして。谷尾と申します。いつも苑子さんからアミカさんのお話は聞いています。とても優秀で、いい子だって」

　谷尾さんは50代くらいの、いかにも紳士といった感じの、優しそうなおじさんだった。茶系のブレザーにきちんとネクタイをしている。なるほどビルのオーナーということは、ビルを利用しているお母さんがお客様みたいなものなんだろう。

　それにしてもこんなおじさんにまで、私のことを話してるとは思わなかった。
「初めまして、アミカです。母がお世話になっております。勉強がありますので、失礼します」

　きちんと頭を下げて、それから3階の自分の部屋へ階段を駆け上がった。

　部屋の鍵をかけて、それからカナに電話をかける。
『もしもしっ！』
「早いよ、カナ」

　呼び出し音の前だったから、笑ってしまった。
『だってビックリして！　どうして多賀宮くんと？』
「えっとね……」

　いくら親友のカナでも、さすがに出会いのことは話せない。だから花山先生に、たまたま勉強の面倒を見てくれと

頼まれたことだけ説明した。
　そしてそのお礼に、今日出かけて、日曜日に遊園地に行くことも。
『へーっ、そうだったんだ！　でもビックリしちゃった。アミカ、彼のことが好きなんだね』
　さらっと言われたけど、カナだもん。わかって当然だと思った。
「うん」
『そっか。タケルなんかめっちゃへコむだろうな。あいつ、アミカのこと保護者目線で見てるとこあるから』
「そんなに私、頼りないかなぁ？」
『子供の頃の感覚が抜けてないだけだと思うけどね？　ほら、小学校3年生のとき、アミカにお父さんがいないことからかわれたりしたじゃん。アミカが泣いて、タケルがめちゃくちゃ怒って、からかった男子と大げんかして』
「うん……」
『先生にはすごく怒られたけど、でも、ちょっとカッコいいってあたしは思ったんだけどね』
「そういうの、ちゃんと言ったらいいのに」
『……へっ？』
「カナはもっと素直になるべきだと思うよ」
　恋愛にうとい私だって、そのくらいのことはわかる。っていうかずっと言わなかったけど、小学校のときから、そうなんだろうなぁと思っていた。
「カナはタケルのことがす……」

『ワーッ!!』
　すごい勢いでジャマされてしまった。
『アミカにそういうこと言われたら、月曜からどんな顔していいかわからなくなるから、いいっ!』
「わかったわかった。ごめんね、もう言わない」
　カナをなだめて、また月曜日、と言って電話を切った。
　ニヤニヤしながらベッドに寝転んで天井を見上げる。
「あさって、多賀宮くんと遊園地に行く……」
　口に出すと、フワッと体が浮かぶような気がする。
　これは本当に現実なのかなって、夢じゃないのかなって、そんな気がしてくる。
　明日の土曜日か、あさっての日曜日、どっちにするかと彼に聞かれて、私は日曜日と答えた。
　土曜日だと、明日。もちろん早く会いたいと思うけど、日曜日なら、土曜１日、多賀宮くんのことを考えていられる。ついでにどんな服を着るかとか、悩む時間も持てる。
　プラネタリウムのときはいつも予備校帰りの制服だったから気にしてなかったけど……まぁ、私はなに着ても一緒かもしれないけど。
　もう少し、彼のことを考えて、幸せな気分に浸（ひた）っていたい。
　それからしばらくして階下に降りると、お母さんが鼻歌を歌いながら、食器を片付けていた。
　お客様たちは帰ったみたいだ。
「あ、アミカちゃん、夜はお寿司とったから」

「そうなんだ。『だるま』さん?」
「もちろんそうよ。海鮮ちらし寿司」
「やったー!」

　思わず子供みたいに喜んでしまった。
『だるま』さんとは、新井山家御用達のお寿司屋さんのこと。

　私はここの海鮮ちらし寿司がなによりも好きなので、本当にうれしい。

　それにしても、普段は模試が終わったあとくらいにしかとらないのに。いったいどういう風の吹き回しなんだろう。

　手を洗ってダイニングのテーブルに座ると、食器を片付けたお母さんがニコニコしながら、
「明日、お買い物にでも行きましょうか。そろそろ夏服をそろえなきゃいけないでしょう?」

　なんて、さらに甘いことを言い出したから、ビックリした。
「えっ、いいの?」

　至れり尽くせりとはまさにこのことじゃないだろうか。お盆と正月とクリスマスがいっぺんに来たみたいで、逆に怖い。

　そもそもやたらご機嫌なのはどうして?

　こんなお母さん、めったに見られないから気になって仕方ない。
「なにかいいことあったの?」
「えっ? いや、そんなことないわよ」

　あったに違いないというつもりで聞いたけど、あっさり

否定されてしまった。
「ふぅん……」
　まぁ、特別な理由がなくても、生徒さんたちとのおしゃべりがよっぽど楽しかったのかなぁ……。
　だったらいいんだけど……。
「アミカちゃんががんばってるご褒美よ」
　お母さんの何気ない言葉に、喉がキュッとしまって現実を突きつけられたような気がした。
　だって私、全然がんばれてないのに……。
　だけどすぐにそのことを考えないようにする。
　将来なんて、今の私には考えられないよ。

## 近づく夜空にキス

　待ち合わせは私たちの家の中間地点の駅の改札内。
　時間は５時45分。問題がなければ10分で遊園地に着く。
　だけど私は、５時からここに立っている。
　楽しみすぎてそわそわして、家にいられなかったから。
　背中の真ん中に届く髪は念入りにブラッシングして、上半分を編み込みにして、キラキラした石がついたゴムでまとめた。
　ワンピースは上品なネイビーの膝丈。低めのウェッジソールのサンダルは赤で、ななめがけバッグと同じ色。全部、お母さんに買ってもらったものだ。
　昨日のお母さんはやっぱり変だった。
　私にたくさん洋服を買ってくれたけど、その倍、お母さんもお洋服や帽子を買って、着物まで仕立てていた。
　もともとお嬢様育ちで、お買い物が好きな人だけど、久しぶりだったから、なんだかあっけにとられてしまった。
　しかも、今日のアリバイ作りのために予備校で自習するなんて嘘をつかなくても、お母さんも急な仕事が入ったとかで、帰ってくるのは深夜になるという。さらにもしかしたら帰れないかもしれないと言われて、内心ガッツポーズをしたのは内緒……。
　確かに変だなとは思うけど、お母さんの機嫌がいいのは悪いことじゃない。

妙な不安をそうやって押し込めた。
　それに今日はデートだし。
　うっすらとだけ塗ったピンクのリップ、変じゃないかな。大丈夫かな。
　楽しみだけどその倍そわそわしてしまう。
　そして約束の時間がきて。日曜日夕方の駅のホームは、外出帰りの家族や恋人同士でいっぱいで。
　ここまで人で賑わっていると、私が多賀宮くんを見つけられても、彼が私を見つけるのは難しいんじゃないだろうかと、急に不安になった。
　キョロキョロと周囲を見回していると、
「なにキョロキョロしてるんだよ」
　背後から声をかけられ、振り返ると多賀宮くんがいた。
　麻のベージュの半袖シャツに、ジーンズだ。そしてスニーカー。いつもの彼だけど、やっぱり飛び抜けてカッコいい……。すごーく、カッコいい。
「よかった」
　思わずホッとした。
「なにが」
「見つけてもらえないような気がして」
　へへッと笑うと、多賀宮くんの手が伸びてきた。
　ドキッとして思わず肩に力が入ったけど、彼はその手を普通に自分のあごに当てて、フムフムと品定めするように目を細めた。
「今日はあれだな……オメカシしてる」

「……うん、してる」
　だってデートだもん。
　多賀宮くんがそう思ってなくても、私の中では、デートだから。
　変じゃないかな。いつもより少しくらいかわいく見えたらいいけど。
「いいじゃん」
　そして多賀宮くんは、手首にはめたゴツくて大きい時計に目を落とす。
「行くか」
「え、あっ、うんっ」
　今、いいじゃんって言ってくれた！
　いっきにテンションが上がる。
　そうだ、スネたって仕方ない。
　今日は精いっぱい楽しもう。
　私は力強くうなずいた。
　遊園地の最寄駅で降り、改札を出て専用通路を通り入場ゲートへと向かう。
　トワイライトパスポートで入るお客さんは、昼間のファミリー層とは違う、明らかにカレカノの、親密な空気。
　もしかして私と多賀宮くんもそんなふうに見えたりするのかな……。
　いや、調子に乗ったらダメだ。今日はあまり乗り気じゃなかったのを私が無理やり誘い出したんだし……。
「……おい」

だからあくまでも私が多賀宮くんを楽しませるためにがんばらねば。彼がご主人様で、私は忠犬。だから——。
「おいっ」
　突然手首をつかまれて、引き寄せられた。よろめいて、正面から多賀宮くんの胸に体ごと当たる。
「きゃっ！」
「ウキャーじゃねぇよ。なんだよ悲壮な顔していきなり迷子かよ」
　どうやらゲートに入る前にはぐれかけたようだ。
　信じられない。申し訳なさすぎる。
「ごめん……」
　しゅんとうつむくと、頭上から「はぁ」とため息。
　その声にぐっさりと傷つく私。
　せっかく勇気を振り絞ったのに、どうしてこんなことになっちゃうんだろう。
　多賀宮くんに申し訳ないよ……。
　そうやって死ぬほど落ち込んでいると、
「最近、お前がどこにいてもわかるんだよな」
　私の頭になにかが触れた。
　おどろいて顔を上げると、多賀宮くんが私の頭の上に、手のひらを乗せていた。
　髪に神経なんかないのに、さわられている感触に、ドキドキして。心臓が主張し始める。
　さっきまで死ぬほど落ち込んでいたのに、そんな気持ちが多賀宮くんの手のひらで吹き飛んでいった。

私だってわかるよ。
　だって多賀宮くんのことが好きだから。
　好きだから、どこにいても、多賀宮くんのことわかるんだよ。
「わかるって……それは、どうして？」
　ドキドキして問いかけたら、
「たぶん……お前が忠犬顔してるからだな」
「え……」
　さらり、と多賀宮くんが間の抜けたことを言うから、いっきに力が抜けた。
　なんか思ったのと違う……。
　また、しっぽが見えたんだろうか。
　しっぽブンブンしてたんだろうか。
　いーですよ、別に。本当のことだしね、フンッ！
「なんだよ、スネるなよ。お前は忠犬らしくニコニコしてればいいんだよ」
　そして多賀宮くんは改めて私の手首をつかみ、ゲートに向かった。
　え、ちょっと、手……手！
　多賀宮くんの手は、すごく大きくて。私の手首を軽々とつかんでしまう。
　これは手をつないで……いや、正確には引っ張られてるだけど、手をつないだってことにカウントしてもいいよね。いや、ダメって言われてもそうしちゃうからね！
　自分勝手かもしれないけど、多賀宮くんもニコニコして

ろというから、そうさせてもらうことにした。
　夕方の遊園地は昼間よりも涼しくて、乗り物もそれほど待たずに乗れた。
　というか、疲れるのは嫌だと言っていた多賀宮くんのほうが、めちゃくちゃはしゃいで楽しんでいた。
　特にグルングルンと２回転するジェットコースターをお気に召したようで、なんと続けて３回も乗った。
　続けてだよ、続けて。
　こんな彼を見ていると、あの日の夜の、桜の下で倒れていた多賀宮くんは、私の夢だったような気がしてくる。
　そして４回目も乗ろうとするから、私は勘弁してくださいって言おうとしたんだけど──。
「……っ」
　突然、列に並びかけた多賀宮くんが、手のひらで口もとを覆って立ち止まったんだ。
「どうしたの？」
　背の高い彼を下から見上げる。
「ん……」
　薄暗闇の中でもわかる。明らかに多賀宮くんの顔は、青いのを通り越して、真っ白になっていた。
　じんわりと汗をかき、明らかに呼吸が乱れている。
「多賀宮くん、もしかして酔った？」
　そりゃ、あんだけグルングルンすれば酔ってもおかしくないよ。
「そこのベンチに座ろう。冷たい飲み物買ってくるから、

待ってて」
 私はあわてて多賀宮くんの背中を支えてベンチまで歩くと、その足で急いで売店へと走った。
 自販機でペットボトルを買って戻ってくると、ベンチでぽつんとうつむく多賀宮くんの姿が目に飛び込んでくる。
 その瞬間、どうしてだろう。
 なんだかすごく遠いところに、多賀宮くんがいるような気がして。
 近寄りがたくなって、足が止まってしまった。
 そしてしばらくそうやって、外灯に照らされる多賀宮くんをじっと見ていて、思い出したんだ。
 あの、多賀宮くんを助けた夜のことを。
 あの夜も彼は、あんなふうに明かりの下に照らされて、暴力的な雨で死にかけていたんだって。
 だから目の前の多賀宮くんが、あの日の彼と重なって、怖くなったんだ。
「っ……」
 私は唇を噛みしめた。
 冗談じゃない……。
 多賀宮くんはもうあのときの多賀宮くんじゃない。
 今、彼は私の目の前で生きてるし、ジェットコースターで酔ってるだけだ。
 そう、なんともない。
「多賀宮くん！」
 おなかに力を入れて、彼の名前を呼ぶ。

するとうつむいたままの多賀宮くんがふっと顔を上げて、私を見て、軽く手を挙げる。
　そして笑った。
　ほら、大丈夫だ。
　私はホッとして彼のもとに駆け寄り、ベンチの隣に腰を下ろした。
「お水とオレンジジュース買ってきたけど、どっちがいい？」
「水でいい。悪いな。ちょっとばかりチョーシに乗りました」
　多賀宮くんは苦笑して、私が差し出したペットボトルを受け取りキャップをひねる。
「ん……なんか固い。よし、怪力なお前に任せた」
「誰が怪力よ、失礼な！」
　受け取って、キャップをひねると、簡単に開いた。
　これが開かなかったなんて、多賀宮くん相当弱ってる……？
「はいどうぞ」
「さんきゅ」
　多賀宮くんは水をひとくち飲んで、ふうっとため息をついた。
「風、涼しいな」
　彼は長い足をジャマくさそうに組んで、頭上を見上げる。
　つられて顔を上げると、すっかり暗くなった夜空に、ジェットコースターのレーンがライトアップされて浮かび上がっていた。

そして、キャー……と悲鳴が近づいては離れる。
「多賀宮くん、私ここで見てるから、行ってきていいよ。4回目」
「いいよ。ガキじゃあるまいし」
「3回も全力で楽しんでおいて、それはないのでは……」
　ぽつりとつぶやくと、
「は？」
　悪そうな顔でにらまれたので、
「いえ、なんでもないです」
　と、うつむいた。
　そんな私の態度に、隣で多賀宮くんがクスリと笑った。
　具合よくなったみたい。よかったぁ……。
　それよりなんだか今って、いい感じじゃない？
　そよそよと、頬をなでる風が気持ちよくて。時折、ジェットコースターに乗っている人の歓声が、近くなったり遠くなったりする以外には、静かな夜で。
　なんだか不思議だな……。
　生まれて初めて、好きな男の子とふたりきりで夜の遊園地に来てるなんて……。ホント、夢みたい。
　でも、来週いっぱいで学校は終わり。
　夏が来る。
　夏休みが来たら、今みたいなペースでは多賀宮くんには会えなくなる。
　もちろん毎日話せるわけじゃないけど、顔を見られるだけでも私はうれしいのに。

水曜日だけしか、会えなくなるんだ……。
「——悪かったよ」
　私が黙り込んだのを怒ったとかん違いしたのか、多賀宮くんが困ったように私の顔を下からのぞき込んできた。
「え？」
　顔を上げると、はっとするほど優しい顔をした彼と目が合う。
「最後は、お前の好きな乗り物に付き合ってやる。メリーゴーランドでもなんでも」

　私が選んだのは、観覧車だった。
　1周15分。私たちの住む町並みを見下ろすことができる、大きな観覧車。
「お前、こういうのが好きなの？」
　乗って早々、正面に座った多賀宮くんが渋い顔になる。
「うん、大好き！」
「マジかよ……」
　力いっぱいうなずいた私に、あきれたようにため息をつき、うつむいてしまった。
　あれ。もしかして、子供っぽいって思ってる？
　確かに高いところにはしゃぐなんて子供っぽいかもしれないけど、ジェットコースター3回も乗る人にそんなこと思われたくないんですけど……。
　窓にもたれながら外を見つめた。
　もう完全に陽は落ちていて、でも遊園地の周りだけ煌々

と明るく照らされて。
　きれいだなぁ……。
　うっとりと夜景に見とれていたら、
「……アミカ」
　突然名前を呼ばれて、心臓が跳ねた。
「え？」
　声のした方を見ると、うつむいたままの多賀宮くんが、私に向かって片手を伸ばしている。
「えっと……お手？」
「ちげぇよ！」
　私のボケを全力で否定した多賀宮くんは、体を起こし私の腕をつかんで引き寄せた。
「ひゃあ！」
　腕を引っ張られて、当然私はよろめいて。悲鳴を上げると同時に、彼の腕が私の背中に回った。
　私の心臓がありえない速度でドキドキして、血が全身を回りすぎて顔が熱くて、のぼせそうで。
　真正面からぎゅっと抱きしめられて、多賀宮くん自身が熱くて、頭がボーッとして。体全体、くっついたところから溶けてしまいそうで。
　私、このままじゃ、死んでしまう……！
「ちょ、多賀宮くんっ……」
　どうしていいかわからずにジタバタしたら、彼の腕に力がこもった。
「動くな、揺れる！」

「へ？」
　揺れる？
　もしかして……。
「高いところ、苦手なの？」
　おそるおそる尋ねたら、多賀宮くんのため息が、首筋に触れた。
「……高所恐怖症」
「ええっ……！」
　信じられない。ジェットコースターは平気なのに、観覧車はダメなの？
「ジェットコースターは一瞬だし、高さよりも速度だし、おもしろいからいいんだよ。でも観覧車はダメだ。高いだけで……落っこちる気がする」
「そ、そうなんだ……？」
　速いのはいいとか、おもしろいのはオッケーとか、謎の理論だけど、多賀宮くんの中ではきちんと恐怖のすみ分けができているらしい。
　変なの……。
「あの、なんか、誘ってごめんね……観覧車……」
　抱きしめられているから、私の頭は彼の肩のあたりにくっついたまま。
　彼が着ているシャツのボタンはひとつ外されているから、くっきりとしたきれいな鎖骨がよく見えた。
「いや、俺がなんでもいいって言ったんだしな……」
　そして多賀宮くんは私を隣に座らせると、改めて正面か

ら背中に腕を回した。
　残念ながら、抱きしめてるっていうよりも、しがみついてるって言うのが正しいけど……。
「まぁ、お前に捕まってるから、もう大丈夫だろ」
「うん」
　私も、なんの理論も確証もないけど、うなずいた。
「大丈夫だよ」
　また、脳裏にあの夜の、桜に溺れた多賀宮くんの姿が浮かんだ。
　強烈な体験だったけど、あまりにもきれいで。現実味がなくて、ときどきあれは夢だったんじゃないかって思うような、多賀宮くんのあの姿。
　でもあれは夢じゃない。
　確かに私と彼の間に起こった、現実なんだ。
　彼の広い背中に腕を回す。
「大丈夫。多賀宮くんになにがあっても、私が多賀宮くんを守るから」
　しっかりとした骨格の上にある筋肉。全身を駆け巡る熱い血と、しっかりと鼓動を刻む心臓。
　私の腕の中にあるこの命が、たまらなく愛おしくて、泣きたくなる。
　今さらだけど彼がそばにいることがうれしくてたまらなくて、つん、と鼻の奥が痛くなった。
　本当に、あのとき死ななくてよかった。
　多賀宮くんが生きていてくれて、よかった……！

「アミカ……」
　私の背中に回っていた腕から力が抜ける。そして私の頬を両手で包み込んで、上を向かせた。
　私をじっと見つめる多賀宮くんの目は、観覧車の外で瞬く星よりも、ずっと強い光で輝いている。
　流星。
　名は体をあらわすって言うけれど、本当にそうだ。
　吸い込まれそうな黒い目。いつまでも見つめていられるような、きれいな目。
　でもどこか苦しそうに見えるのはどうしてなんだろう。
　私、変なこと言ったかな。困らせるつもりはなかったんだけど……。
「お前の目って、茶色いな。ヴァイオリンの色に似てるって、前から思ってたんだ」
「……え？」
　多賀宮くんの顔が近づいてくる。
　ヴァイオリン？ と思った次の瞬間、なにかが唇に触れていた。
　優しく、そっと。
　そして長いまつげを伏せた多賀宮くんの顔が、目の前から離れていく。
　なにが起こったか、その瞬間はわからなかった。
　でも……たった今唇に触れた熱は、夢でも幻でもなくて。
　今の……えっ……もしかして……。
　キス……えっ……？

いきなりのことに思考が追いつかない。
　どういうこと？
「あ、あの……っ」
　その瞬間、ガタンと大きな音がして、観覧車の扉が外から開く。
「おっつかれさまでーす！」
　元気よく係員のお兄さんに挨拶とともに、私たちは観覧車からあっけなく地上に降ろされてしまって。
　ムワッとした空気が肌にまとわりつく。
　現実の世界に帰ってきてしまった。
　そして私は完全に、キスの理由を尋ねるタイミングを逃してしまっていた。
「あー、地に足がついてるって素晴らしいな。地上最高」
　ぽーっとしている私をよそに、多賀宮くんはいつもの調子で、首を回し、腕を伸ばしながら空を見上げる。
「もう観覧車は無理だからな」
「わっ、わかってるよ。高所恐怖症だもんね！」
「うるせー、内緒だぞ」
　そうやって笑う多賀宮くん。さっぱりして、ちょっと意地悪っぽくて、いつもの彼だった。
「帰るか」
　彼は指をジーンズのポケットにねじ込んで、振り返る。
「うん！」
　私は歩き出した彼の背中を追いかける。
　ねえ、多賀宮くん。

あなたに私はどんなふうに映っているんだろう。
少しくらい、意識されてるって思ってもいいの？
せめて私が彼を見る100分の1でもいいから、きれいに見えたらいいのに……。
大好きな多賀宮くんに出会えなかった人生なんて、もう考えられないほど、私は彼を自分にとってとても大事な人だと、思い始めていた。

## 好きになられたら困る

翌日、月曜日。
当然のごとく一睡もできなかった私は、眠い目をこすりながら1階に降りる。
「お母さん、いる？」
お母さんの部屋をノックして中をのぞいてみたけれど、寝室にもどこにも、帰った様子はなかった。
まぁ、もしかしたら外泊するかもって言ってたし……。
コーヒーを淹れて、牛乳を注ぎ、朝ごはんがわりに飲み干した。
朝ごはんを食べないのはお母さんに怒られちゃうんだけど、とてもじゃないけど胸いっぱいで入っていく気がしなかった。
多賀宮くんは、どうして私にキスしたの？
ひと晩中考えたけど、答えは出なかった。
遊園地は一緒に行ってくれたけど、私から無理やり誘ったようなものだし。
花山先生曰く、多賀宮くんはずっと外国にいたって言ってたし。
だとすると、外国人からしたらキスなんて挨拶だし、日本の女子高生の私よりずっと、キスに対するハードルは低いような気がするし……。
そして『お前のこと、そこそこ気に入ってるよ』と言っ

た多賀宮くんのセリフからして、あくまでも私は"like"にすぎず、"love"ではないというのが、今のところ濃厚なんだけど……。

でも、私のこと、少しくらい女の子として見てくれてないと、キスなんて、しないような気もするし……。

いやでも、帰国子女なら全然キスへのハードル違うよね。

本当に挨拶みたいなものだったらどうしよう……。

だったら罪作りすぎる！

あれこれと考えながら、いつものように少し早めに家を出た。

毎日、1分1秒、ヒマを惜しまずに多賀宮くんのことを考えて、さすがに頭がパンクしそうだった。

とりあえず勉強して落ち着こうかな……。

気分を変えたくて図書室へと向かった。

学校の図書室は、毎朝7時から開放されていて、自由に読書や勉強をすることができるようになっている。

「おはようございます」

図書委員に挨拶をして、パーテーションで区切っている奥の学習ゾーンで教科書を広げた。

英語の教科書を読んでいると、しばらくして、パーテーションの向こうから、おしゃべりする声が聞こえた。

「ねぇ、聞いた？　舞先輩、多賀宮くんに振られたんだって」
「えっ、うっそ！」

えっ、多賀宮くんって言った？

振られたって、なにそれ……どういうことなの。

おどろいて、読んでいる教科書を置いて耳をそばだてる。
「でも舞先輩、なんかリーマンの彼氏いるって自慢してたじゃん」
「多賀宮くんと付き合えたら振るつもりだったんじゃないの？」
「で、振られたんだ……っていうか、舞先輩、めちゃくちゃ美人なのに……」
　パーテーションの隙間からこっそりのぞいてみたら、話をしているのは１年生の、他のクラスの女の子だった。
　彼女たちの話によると、舞先輩というのはチア部の２年生で、間違いなくこの学校ナンバーワンの美人らしい。
　うちのチア部は、美人しか入れないとウワサで聞いたことがあるけど……そんな人に告白されて振るって……。
「しかも自分が振られるって思ってなかったから、割と人目があるところで告ってんの……」
「ええー、勇気あるっ……」
「でもすごいのが、多賀宮くんがそれを受けて『たとえ誰であっても、俺のことを好きになられたら困る』って、バッサリ……」
「ひぇー……」
　それからしばらくの間、彼女たちはコソコソと、
「でもそんな多賀宮くん、カッコいい……」
「クールだね……」
　と盛り上がり、それぞれ教室へと戻って行ってしまった。
　予鈴のチャイムが鳴る。

だけど私は動けなかった。
『たとえ誰であっても、好きになられたら困る』ってそんな……。
　急に、鉛(なまり)のかたまりでも飲まされたように、胸の奥が重苦しくなった。
　誰であってもって……私も？
　当然だよね。私だけは特別だなんて、ありえない……。
　急速に、すうっと胸の奥が冷たくなっていくのが自分でもわかった。


「アミカ、遅刻かー？　めずらしいな」
「うん……」
　結局、1時間目の英語をサボってしまった。
　教室に入ると、タケルが、せっせとカナのノートを写していた。次の数学の授業で当てられそうな気がするらしい。
　そして実際、こういうときのタケルのカンは当たるんだ。
「野生のカンよね」
　カナが笑うので、私も笑い返した。
　私の後ろは、空席になっていた。
　多賀宮くん、来てない……。
「どっか具合でも悪いのか？」
　どこか心あらずといった私の顔を見て、タケルが心配そうに目を細める。
「ううん、大丈夫。なんともないよ。元気だよ」
　実際、浮かれたり、沈んだり、大忙しで疲れてるだけだ

し。こういうの、ひとり相撲（ずもう）っていうんだよね……。
　なんだかむなしくなりながらへヘッと笑うと、タケルがさらに渋い表情になった。
「顔色よくないから、保健室で寝てたほうがいいんじゃないか。熱とかないのかよ」
　そして手を伸ばし、私のおでこに触れた。
「うーん。熱はないみたいだけど……腹出して寝たらダメだぞ」
「いや出してないから」
「添い寝してやろうか」
「いらないよ」
「あんた、アミカをいくつだと思ってんの」
　カナがはぁ？ という表情を浮かべる。
「昔は３人で寝てただろ？　その延長だよ、延長。今度お泊まり会するか、久しぶりに」
　なぜか話が変な方向にそれる。
「なによ、お泊まり会って。バッカみたい」
　あきれたようなカナだけど、カナはタケルのこと、子供の頃の延長とは思ってないわけだし？
　ふむ……。いっそ本当にお泊まり会でもしたら、ふたりの仲が進展したりして……。
　そう思うといてもたってもいられなくって、つい思ったことを口に出していた。
「でも楽しそうだよ、お泊まり会。今年の夏はふたりとも部活あるから……。そうだ、秋か冬、うちで試験前にやら

ない？　来年の春休みでもいいけど、実力テスト前に」
「それただの勉強会じゃんっ！」
　タケルが頭を抱えて、背中をのけぞらせる。
「アハハ、確かに勉強しないとヤバイよ、タケルは。高校受かったのも奇跡なんだから、死ぬ気で勉強しないと進級できないかもしれないよ？」
　カナがケラケラと笑う。
「うるせー、来年とかどうでもいいんだよ！　俺は10年後にはブンデスリーガに入って日本代表キャプテンになってて、モデルの彼女と４年付き合って結婚してるんだからな！」
「はぁ!?　なにその妄想、具体的で気持ちわるーい！」
「でもタケルらしい夢だよ。叶うといいね」
　アハハと笑いながらタケルを励ましていると、背後から突然ガタンッと大きな音がした。
　突然のことにビックリして振り返ると、多賀宮くんが立っていた。
　どうやら今のは、多賀宮くんが乱暴に机の上にカバンを置いた音らしい。
　なにかにイラついてるみたいな、そんな目をしている。
　どうしたんだろう。なにかあったのかな……。
「なんだよ多賀宮。朝からでけー音立てるなよ」
　タケルがいまいましげに多賀宮くんを見上げた。
　多賀宮くんとは相変わらず気が合わないのか、タケルは言いたいことをポンポンと口にする。

まぁ、と言っても大人な多賀宮くんはそんなの相手にしないんだけど。
　だから今日も、サラッと聞き流すものだと思ったのに……。
「気持ち悪いんだよ」
　多賀宮くんは、ハッキリと私たちを見下ろして言い放ったんだ。
　気持ち悪い……。
　その言葉にドキッとした。
　どうしたの、多賀宮くん。どうして急にそんなこと……。
　尋ねたいけれど、言葉が出てこない。
　私はただ呆然と多賀宮くんを見上げることしかできなかった。
「は？　どういう意味だよ」
　けれどタケルは黙っているはずがない。うなるような低い声で、タケルがキツイ顔で多賀宮くんをにらんだ。
「ちょっと、タケル……」
　空気がおかしいことに気づいたカナが間に入ろうとしたけど、多賀宮くんは臆せずタケルを見下ろして唇を歪（ゆが）める。
「教えてやろうか。まず第一にお前のその保護者ヅラがムカつく。それと来年がどーのとか、10年後がどーのとか、くだらなすぎて吐き気がする。どうせ夢なんて叶わねーよ。努力するだけムダだよ、己（おのれ）を思い知れよ」
「多賀宮ぁ‼」
　次の瞬間、タケルが多賀宮くんに飛びかかっていた。
　ガタンと激しい音がして、ふたりが教室の床の上にもつ

れ合う。
「タケル‼」
「多賀宮くんっ‼」
　カナと私の声が朝の教室に響く。
　身長は多賀宮くんのほうが高いけれど、タケルは現役のサッカー少年で。だから私は多賀宮くんが大怪我をすると思った。
　止めなきゃ！と体が動いていた。
　さらに腕を振り上げようとするタケルの腕を後ろからぶら下がるようにつかむ。
「やめてっ！」
　だけどタケルの怒りはおさまらず、
「あんなこと言われて黙ってろって言うのかよっ⁉」
　腕にしがみつく私を力任せに振り払った。
　その瞬間、体がグラッと傾いて。
　あっと思ったときにはすでに遅く、私の体は後ろに吹っ飛ばされていた。
　机やイスが私の前にゆっくりと飛んでいくのが見える。
　体が危機的状況になると、すべてがスローモーションに見えるって本当なんだな……。
　そして教室に響いた、
「キャーッ、アミカッ！」
「アミカッ！」
　カナの悲鳴と、白いシャツを血で染め、あせったように手を伸ばして走ってくる多賀宮くんと、真っ青になって立

ちつくすタケルを見て、私はそのまま気を失ってしまったのだった。

　目を覚ますと、私はおじいちゃんの病院の病室にいた。
　なんで私ここに……？
「う……」
　声がするっと出てこない。
　だけど枕もとで点滴を見ていた看護師さんが、私を見て笑顔になった。
「アミカちゃん、目が覚めたのね」
「あれ、有佳子さん……？」
　有佳子さんは新井山病院の看護師長さん。看護師になって40年、おじいちゃんの信頼も厚い素敵な女性だ。
　ふっくらした体とニコニコの笑顔で、すべてを包み込んでくれるようなあったかい人。
　父よりも先に祖母を亡くしていた私には、第2のおばあちゃんのような存在でもある。
「私、どうしてここに……」
「あら、覚えてない？」
　言われて白い天井を見上げながら記憶をさかのぼる。
　そしてケンカを止めようとして、それに失敗したことを思い出した。
「……あっ！」
「思い出したみたいね」
「多賀宮くん、血が出てた！」

「"多賀宮くん"が1番なのね」
　クスクスと笑う有佳子さんに、私の顔は真っ赤になった。
　確かにこれでは私の好意はバレバレだ。恥ずかしい。
「ごめんなさい……忘れてもらえると助かります」
「ふふっ、わかりました。あのね、多賀宮くんは隣の部屋にとりあえず入ってもらっているわ。あの子……ちょっと唇と、口の中を切ったみたいで」
　少し言葉を選びながら、有佳子さんが話した。
「何針縫ったんですか？」
「3針よ」
「そうですか……でも切っただけなら、すぐ治りますよね。若いし」
　怪我をあまり深刻にしたくなくて、軽い調子で言うと、有佳子さんも「そうね」と穏やかにうなずいた。
「アミカちゃん、それより自分のことは気にならないの？」
「ああ……」
　確かにそうだった。
　上半身をゆっくり起こして、頭に手をやると、包帯を巻かれていた。
「打ったときに血が出たみたいですね。でも頭って皮膚が薄いし、血管が張り巡らされてるから、ちょっとした衝撃で出血しておどろいちゃうんですよね。だけど吐き気もしないし、気分も悪くない。めまいもしません。大丈夫です。ただ、たんこぶできちゃってるんで数日は痛そうだけど」
「アミカちゃん、そうかもしれないけど、頭部外傷をそん

なふうに判断しちゃうのはダメよ。意識を失ったのだし、今日は安静にすること。明日は検査しますからね」

メッ、という顔をされて、「はぁい」と答える。

有佳子さんは、あとでなにか食べるものを持ってきてあげると言い、病室を出て行った。

ベッドに横たわり、壁の時計を見上げる。

ちょうど正午になるところ。

あれは２時間目が始まる前だったから、何時間か意識失ってたんだな……。

っていうか、普通に寝不足だったから、寝てただけのような気もするけど。

きっと今頃タケルは自分を責めて落ち込んでいるだろうと、気になった。

確かにこんなことになってしまったけど、あれは私が後ろからいきなり飛びついたせいだし……。

手を伸ばしてパイプイスに置いてある私のバッグからスマホを取り出し、タケルとカナにメッセージを送る。

【私は大丈夫だからね。気にしないで。心配かけてごめんね】

そして目を閉じた。

ちゃんと眠ろうと思ったけど、隣の病室にいるらしい多賀宮くんのことが気になって仕方ない。

口の中を縫っただけで入院になってるのかな……。日帰りで終わるよね、普通。

様子を見に行きたいけど、どんなふうに顔を合わせたら

いいのか、わからなかった。
　今朝の多賀宮くん、なんか変だった。
　確かにときどき意地悪っぽいこと言うけど……本当に意地悪な人ではないのに。
　ふと、好きになられたら困ると、美人の先輩を振ったことも思い出した。
　私もそうなのかな。
　好きになられたら困るのかな……。
　友達だったら、ずっとそばにいられる？
　私は多賀宮くんが好きだけど、そのせいで遠ざけられたら……。
　いやだ。絶対いやだ。そんなの振られるよりもずっとツライ。
　そばにいたいよ。友達でもいい。くだらないことでもいい、彼と話がしたい。笑い合いたい。これから先、ずっと。
　じんわりと浮かんだ涙を手の甲でぬぐって、私は逃げるように目を閉じた。

## 薔薇で黒猫で

 放課後、部活を休んだらしいカナとタケルが病室に顔を見せてくれた。
 タケルの目は、想像以上に真っ赤だった。
「タケル……」
 うさぎみたいな目をした幼なじみに、おどろいて読みかけの参考書を落としたくらいだ。
「うっ、アミカッ……」
 私を見てタケルはまたポロポロと泣き出す。
「本当にごめんよ、俺……っ」
「ちょっ、大丈夫だから。ティッシュ、はい!」
 カナにティッシュの箱を差し出すと、慣れた様子でカナはティッシュを何枚か取り出し、タケルの顔に押し付けた。
「もう泣くのやめなよ。アミカが困るでしょ!」
「だってょぉ……! 俺のせいでこんなことになったんだぞっ!」
「タケルのせいじゃないよ。私が飛びついたせいだよ」
「そんなわけあるかっ!」
 タケルはカッ!と目を見開いて叫んだ。
「そもそも俺たちが楽しくやってるのに、勝手に外野からイラついてちょっかい出した多賀宮が3分の1悪いし、あと残りの4分の3くらいは短気な俺が悪いんだよ!」
「……合計して1にならないよ、タケル」

私のツッコミに、タケルは「え？」という顔をする。
　まったくタケルったら……。
　そこでカナが口を開いた。
「さっきふたりで院長先生に会ったよ。タケルはもう十分、めっちゃ怒られたから……」
「お母さんはいた？」
　ちょっとした不安から尋ねたのだけど、カナは首を横に振った。
「アミカのお母さん？　そういえば見てないわね」
「そっか……」
　昨晩から外泊しているくらいだから、よっぽど仕事が忙しいんだろうな。
　こんなこと知ったら、すぐ飛んできそうなのに。いや、飛んでこられたらマズイから、いいんだけど。
「久しぶりに子供の頃のトラウマ、エンマ様を思い出したぜ……」
　タケルは自分の体を抱きしめて、ブルッと震えた。
　おじいちゃんは普段紳士で優しくて声を荒げたりしない。だけど怒ると本当に怖い。
　小さい頃、手のつけられないいたずらっ子だったタケルは、ご両親に『新井山先生は実は地獄から来たエンマ様で、お前の舌を引っこ抜くんだ』なんて、吹き込まれてたくらいだ。
「舌引っこ抜かれるんだよね」
「新井山病院に連れてくよ！ってな。俺、４年生くらいま

で泣いて謝ってたわ……」

　ナマハゲみたいな扱いを受けるおじいちゃんに複雑な気持ちになったけど、当時を思い出し、懐かしくて3人で笑ってしまった。
「……なぁ、アミカ」
　それから、タケルが妙に神妙な顔で私の前に立ち、深々と頭を下げる。
「俺、じいちゃん先生に言われたんだ。打ち所が悪かったら、もっと大変なことになってたかもしれないんだぞって……。俺、ゾッとした。短気なのがんばって直すから……今さらだけど、本当にごめん」
「……うん」
　するとタケルの背後に立っていたカナが、
「私もタケルの手綱をうまく握れるように、努力するつもりよ」
と、肩をすくめる。
「はぁ？　頼んでねぇし」
　唇をワザとらしくへの字にしてカナを振り返るタケルと笑って返すカナを見て、私もクスクスと笑う。
　ああ、よかった。
　いつも通り3人で笑えるとホッとする。
　しばらくおしゃべりをしたけれど、長居すると悪いからと、ふたりは病室を出て行った。
　賑やかなふたりがいなくなると、急に病室が静かになった。

それから看護師さんが夕食を運んでくる。
　意を決して尋ねた。
「あの、隣の多賀宮くんの様子はどうですか？　会いに行っても大丈夫ですか？」
「多賀宮くん？　そういえば面会の方が来ていたから、大丈夫じゃないかしら」
　面会の方って、花山先生かな？
　きっとそうだろう。保護者だし。
「わかりました、ありがとうございます」
　お礼を言って、とりあえずごはんを食べようと、トレーの上の夕食をせっせと口に運んだ。
　今日のメニューは八宝菜。病院食だけど食器は陶器だし、彩りはきれいだし、お米はピカピカだし、野菜はシャキシャキしてる。とても病院食とは思えない。
　これは昔からのおじいちゃんの方針。
　プラスチックの食器は味気ないし、料理は見た目も大事なんだって。
　ちなみにメニュー監修は、料理研究家のお母さんなんだけどね。
　ごはんを終えたあと、歯磨きをして、寝乱れてボサボサになった髪をブラッシングし、後ろでできるだけきれいにまとめる。
　だけど鏡の中の、薄いピンクのパジャマにカーディガン姿のイケてない自分を見て、これで多賀宮くんに会いに行っていいのかと、不安になった。

たとえ病院内でも、おしゃれがしたい。だって好きな人に会うんだし。
　でも残念ながら、売店のパジャマは似たり寄ったりでかわいくもなんともないんだよね。
　おじいちゃんに、入院生活の長い患者様のための、かわいいパジャマも入荷するようアドバイスしておこう。
　部屋を出て、隣の個室のドアの前に立った。
　ドキン……ドキン……。
　いざドアをノックしようとして、手が止まった。
　緊張のあまり胸の真ん中あたりがキリキリ痛くなる。
　どうしてもあと一歩の勇気が出てこない。
　遊園地での多賀宮くんと、今朝の不機嫌な多賀宮くんが、交互に頭に浮かんで、この中にいるのはどっちの多賀宮くんなんだろうって、考えてしまう。
　友達でもいいなんて思ったそばから、臆病になってる。
　本当の友達だったら、たとえ一瞬悩んだとしても、ドアをノックしたはずなのに。
「はぁ……」
　情けなくてため息しか出ない。
　でも、話すなら今しかない。
　明日は検査だし、きっと多賀宮くんも退院だし。
　よし、ちょっと様子を見に来ただけだから、変じゃない！
　ぐっとこぶしを握って、それからドアをたたこうと腕を上げた次の瞬間。
　ドアがガラリと横にスライドして、

「わぁぁぁぁ？」
 やり場のない手がフラフラと宙をさまよった。
「あら、どなた？」
 ドアの内側に立っていたのは、息をのむようなレベルの美人だった。
 歳はたぶん、20歳くらいで。色が真っ白で、髪が真っ黒で、肩の上できれいに切りそろえられていて。少し釣り目のくっきりした大きな目と、イチゴみたいな赤い唇。
 とにかく、誰が見ても正統派美人だよねと言える、白いノースリーブワンピースが似合いすぎる美人が目の前に立っていた。
 しかもなんだか高そうでいい匂いがする。お母さんが持ってる、どんな香水よりもいい匂い。
「あっ、あっ、あのっ」
 てっきり花山先生がいるものだと思っていたのに。
 ビックリして声がひっくり返る。
「あっ、あの、私は、新井山雨美花といいまして——」
 しどろもどろに答えていると、奥から多賀宮くんの声がした。
「アミカ？」
「ああ、流星のお友達なのね。どうぞ、中に入って。私はちょっと売店に行ってくるから」
 女性はにっこりと笑うと、そのまま病室を出てエレベーターへと向かっていった。
 行ってしまった……。いいのかな。だけどここに立って

いても仕方ない。おそるおそる病室の中に入る。

　隣の部屋の私と同じ、ベッドにクローゼット、テレビ、ちょっとした応接セット。普通の個室だ。

　正面の窓にかかっているカーテンだって同じ柄。なにも違わない。

　だけどどうしてだろう。そこに多賀宮くんがいるだけで、空気がキラキラして見えるんだ。

「アミカ」

　ベッドを起こして座っている多賀宮くんは、学校の制服ではなく、私と同じ売店のパジャマだった。

「お前のパジャマだせぇな」

　いきなりの先制パンチだ。

「多賀宮くんもだよ」

　その瞬間、ああ、いつもの多賀宮くんだってホッとした。

　彼はふっと笑って、ちょいちょいと手招きする。その腕には点滴がつながっていた。

「どうして点滴？　口の中、縫ったって聞いたんだけど」

「ちょっと、体調不良。ついでに点滴打って泊まってけってさ」

「そっか。点滴打つといっきに元気になって健康になったような気がするから気をつけてね。はしゃいじゃダメなんだからね」

「はしゃぐって、ガキかよ」

　そして多賀宮くんは隣に立つ私の手を握る。

　その手はひんやりと冷たくて、ドキッとした。

心なしか顔色もよくないみたいだ。
点滴打ってって言われるのも当然かも……。
「そんな顔すんな」
　ちょっとしゃべりにくそうに、多賀宮くんはつぶやいた。そしてつないでいた手を離し、私の腰に回して引き寄せる。
　ドキッとする。だけどそれ以上に、彼のそばに近づけたことがうれしくて、顔がにやけた。
「なに笑ってんだ。頭、大丈夫なんだよな？」
「うん。おっきいコブができたけど」
「ごめんな」
「タケルにも言ったけど、気にしないで」
　すると彼はまた渋い表情になった。
　タケルという名前すら聞きたくないって感じ。だんだん真逆だけど似てるような気がしてきた。
「多賀宮くん、なんでわざわざあんなあおるようなこと言ったの。挑発したらタケルが怒るってわかってるでしょ」
「それはお前が──いや、ちょっと待て。お前、なんであいつはタケルって呼び捨てで俺は多賀宮くんなんだよ」
「えっ？」
　なぜってそれは、タケルは幼稚園からの幼なじみで親友だからで。
「その……」
「俺だってナカヨシだろ」
「仲良しって……」
　多賀宮くんの手が私の顔に移動する。彼の長い指が頬を

すべり降り、唇に一瞬触れる。
「名前で呼べ」
「……っ、えっ、と」
　名前って、流星って、ええっ、りゅ、流星って、呼べってこと？
「あの、りゅう……せ、い……」
「言えてない」
　わかってる。わかってるけど、口に出した瞬間、顔がカーッと熱くなった。
　なんだかドキドキしすぎて腰が抜けそうだ。
「ごめん、今後はがんばって呼ぶからっ……」
　思わず手で顔を覆っていた。
　倒れそう。いや、ここで倒れたらマズイ。座ろう、落ち着こう。
　おそらくさっきの美人が座っていたに違いないパイプイスに腰を下ろした。
「こんなんで真っ赤になんなよ……すごい口説き文句口にするくせに……なんだよお前……」
　多賀宮くんははぁとため息をついて、枕に頭を乗せ、反対側を向いた。
「なんか色々……チョーシ狂う……」
　その声はすごく小さくて、なにを言われたかよくわからなくて。
「なに？」
「なんでもない」

そして多賀宮くんは真顔に戻り、ベッドサイドのテーブルの上に置いてあるペットボトルの水を指差した。
「それとって」
「はい」
　多賀宮くんはささっているストローをくわえて、顔をしかめる。
「痛いの？」
「たいしたことない」
　とは言いながら、やっぱり痛いのか、時折顔を歪めながら、水を飲んだ。
　多賀宮くんの横顔ってきれいだな。
　鼻がすうっと通ってて、あごの形もシャープ。きっと歯並びもいいんだろう。
　彼みたいな完璧な横顔のこと、ハリウッドラインっていうんだっけ。私は地味顔というか……華やかとか縁遠い顔だし……。
　ふと、そこで多賀宮くんと目が合う。
「お前ってさ、いつも俺のことまっすぐ……見るよな」
「え？」
　そこでいきなりドアがガラリと開く。ビニール袋を持った例の美人だ。
「いきなり開けんなよ……」
「あら、おジャマだった？　ダメよ、病院でそういうのは」
　冗談だろうけど、彼女はふふっと笑う。
「誰がそういうのだよ。お前はもう帰れ」

「はいはい、これ食べたら帰るわよ」

　彼女は優雅に笑って、ヒールの音も華やかに近づいてきて、ひとりかけソファーに腰を下ろし、私ににっこりと微笑みかける。

「初めまして、山根やよいです」

「新井山雨美花です」

　ペコッと頭を下げた。

　やよいさんはビニールの中から菓子パンを取り出し、パクリとかぶりつく。

　なんていうか……美人の所作として似合わない。

　意外に豪快な人なのかもしれない。

　モグモグするやよいさんについ見とれていると、

「で、アミカちゃんは流星の彼女なの？」

「えっ」

　いきなりの質問に心臓が跳ねた。

　かっ、彼女!?

「やよいっ……」

　多賀宮くんが体を起こして、険しい顔をした。

　ものすごく怖い顔。その顔にズキッと胸が痛くなる。

　私のこと、そう思われたくないんだ……。

「ふぅん。その反応、違うか」

　やよいさんは牛乳パックを取り出して、ストローをさす。

「アミカさん、言っておくね。絶対にこの男になんかなびいちゃダメよ。そんなことになったら、傷つくのはあなただから」

「やよい、黙れ……アミカには関係ない」
　決して大きな声じゃなかった。むしろ小さな声だった。
　でもその声はすごく真剣で、体がビクッと震えた。
「そう、関係ないって言うならいいけど」
　やよいさんは多賀宮くんに死ぬほど怖い目で見つめられてもへっちゃらみたいだ。赤い唇にストローをくわえ、見せつけるようにすらりとした足を組んだ。
　いっきに病室内が妙な空気になる。
「アミカ、出て行け」
　多賀宮くんがうめくように、声を絞り出しながら、私を見た。
「あの、私……」
　関係ない。そう言われた。わかってる。
　でもこの部屋から出て行ってはいけないような、そんな気がした。
　だけど多賀宮くんはもう一度、はっきり私を見据えて言ったんだ。
「出て行けって、言ってるだろ……」
　射抜くような目と強い拒絶に、胸の真ん中が締めつけられる。
　目の奥がカッと熱くなった。
「わかった。ジャマして、ごめんなさい……」
　逃げるように多賀宮くんの病室を出て、隣の自分のベッドに倒れ込んだ。
　じわっと涙が浮かんでくるのを、手の甲でゴシゴシとこ

すった。
　私のバカ……。彼に嫌われたくなくて、言いたいことも言えなかった。
　友達でいいなんて……。
　一歩を踏み出せないただの言い訳だった。
　結局私は、好きになってもらえないなら、友達でいいなんて逃げてるだけ。
　そして友達にすらなれない。弱虫なんだ。

　翌日、頭を打ったからということで、いちおうＭＲＩだなんだと検査をした。
　お母さんは昨日の夜やってきて、ひどく動揺していたけれど、おじいちゃんが私は教室で転んだのだと、うまく説明してくれた。
　私としても、タケルや多賀宮くんが責められるのは絶対嫌だし。問題にもされたくない。おじいちゃんには感謝だ。
　だけどお母さんは相当気にしてるみたいで。
「本当に大丈夫なの？」
　帰りのタクシーの中で何度も聞かれた。
「大丈夫だよ。おじいちゃんも大丈夫って言ってたでしょ」
　仕事で連絡取れなかったのは仕方ないけれど、あまりにもしつこくてウンザリする。
　帰りに多賀宮くんの病室に寄りたかったけど、お母さんがいて行けなかったし。それで私もちょっとだけイライラしていた。

多賀宮くん……。明日は水曜日だよ。
DVD見る日だけど……。会えるんだろうか。
なんとなく嫌な予感がして、気が沈む。
自宅に戻り、窓を開けて空気を入れ替えるお母さん。
それを眺めながら、リビングのソファーにとりあえず腰を下ろした。
「明日はお母さん、代理の人を頼んだから」
「……えっ？　家にいるの？」
ビックリして顔を上げると、怖い顔をしたお母さんが腰に手を当てて私を見下ろしていた。
「当たり前でしょう。学校も予備校も休みなさい。とりあえず明日までは安静第一よ」
お母さんが家にいたら、多賀宮くんを呼べない。
いや、それ以前に学校にも行けないって！
それは困る。
「……学校には行く」
私はぷいっと横を向いた。
「アミカちゃん！」
当然お母さんは怒るけど、そんなの納得できない。
「おじいちゃんは大丈夫って言ったじゃない。プロの言ってることに反対するのやめてよ」
「なんですか、その言い方。お母さんはアミカちゃんを心配してるだけじゃない！　それが悪いの!?」
お母さんが感情的に叫んだ。
心配してるだけ。

アミカを思ってるだけ。
　だから全部あなたのためだと言わんばかりの、お母さんの言葉がぐさりと胸に突き刺さる。
　イライラが止まらなくなる。
「お母さんは……お母さんは、昨日連絡取れなかったことを今埋め合わせしようとしてるだけだよ。でもそういうの押しつけないで、騒ぐのやめてっ！」
　叫んだ瞬間、お母さんの顔色がサッと変わった。
　今までずっと言えなかった思いをひとかけらでも言えたという高揚感に、全身が包まれる。
　だけどすぐに、気まずくなって、言ってはいけないことを言ってしまったと、後悔が押し寄せてきた。
「もう寝るから」
　ソファーから立ち上がってリビングを出る。
「アミカちゃんっ……！」
　階段を駆け上がったけれど、お母さんは追いかけてこなかった。

　翌朝、食卓でお母さんと顔を合わせるのはなんとも気まずい気がしたけれど、制服姿の私を見てもなにも言わなかった。
「いってきます」
「……いってらっしゃい」
　お弁当も作ってくれて、いつものように送り出してはくれたけど、お母さん少し元気がないみたいだった。

考えてみれば、私は今まで反抗らしい反抗をしたことがない。そんなつもりはなかったけれど、お母さんを傷つけたかもしれないと、胸がチクチクと痛い。
　はぁ……自己嫌悪だよ。
　教室に入ると、カナが声をかけてきた。
「アミカ、おはよ」
「おはよう、カナ」
　先に来ていたカナと挨拶をして自分の席に座る。タケルはまだだ。
　カナは私の前のタケルの席に座って、私の顔をのぞき込んできた。
「来て大丈夫だったの？」
「うん。おじいちゃんも大丈夫だって。後頭部の怪我もすぐ血が止まったし。包帯もとって、ばんそうこうみたいなの貼ってるだけだもん」
　上半身をひねって、下ろしている髪をかき分けてみせる。
「ちょっと毛切られてるじゃん」
　カナが深刻そうにささやいた。
「そうなんだよ。部分ハゲにされちゃった」
「ハゲ……まぁ、毛は伸びるしね。ドンマイドンマイ」
　カナらしい励ましに、ちょっと心が軽くなった。
「そうだよね」
　あははと笑って、顔を見合わせる。
　あまり重くならないように、気を遣ってくれてるんだ。
　ついでというわけではないけれど、胸のもやもやを打ち

明けることにした。
「ねぇ、カナ」
「うん？」
「私、お母さんにちょっとキツイこと言ってしまったんだけど、どうしよう」
「ええっ、アミカがっ？」
　カナが目を丸くして、おののく。
　そこで昨日のことをざっと説明すると、
「いや、そのくらい普通でしょ」
　と、あきれられてしまった。
「普通って……嘘だぁ……」
「嘘じゃないって。そのくらいどの家でもあるよ。そのくらい言ってもいいよ。お母さんだって同じ人間なんだからさ。100パーセント正しいのかっていうと、そうじゃないわけじゃん。だから変だなって思ったら、よーく話し合えばいいんだよ」
「そっか……話し合えばいいんだ」
　今の今まで、お母さんの言うことは絶対だと思っていた。
　だから期待にこたえられない自分が悪いんだって……。
「言いたいことそんなに我慢しなくていいんじゃないの」
　そしてカナは、自分の席に戻って行った。
　そういえば多賀宮くんにも言われたな。
　言いたいことあるなら言えよって。
　だから私、お母さんにちょっとだけ、言えたのかな……。
　後ろの席を振り返る。

多賀宮くんはまだ来ていない。
今日は水曜日なのに……。
会えないの？

結局、多賀宮くんはその日学校に来なかった。
正確に言えば、夏休みが始まるまでの１週間、終業式にも来なかった。
私はひとりでレンタルしたDVDを見て、パガニーニの感想文を書き、提出した。
多賀宮くんと連絡を取りたいと思うけど、考えてみたら私は彼の連絡先すら知らなかった。
っていうか、多賀宮くん、スマホ持ってるのかな。
学校でスマホ見てるとこなんか、一度も見たことないんだけど……。
いっそ花山先生に聞いてみようか。
そう思いながらも、彼に出て行けと拒絶されたこと、そしてやよいさんの意味深な言葉が頭に浮かんで、二の足を踏んでしまう。
山根やよいさんって、言ってたっけ。
すごくきれいな人だった。
大人っぽくて……私とは全然違う。
あの人は、多賀宮くんとどういう関係なんだろう。
もしかして恋人？
だけどやよいさんは、私に多賀宮くんの彼女かと尋ねた。
自分がそうならそんなこと言わないはずだ。

じゃあ元カノとか？
『アミカさん、言っておくね。絶対にこの男になんかなびいちゃダメよ。そんなことになったら、傷つくのはあなただから』
　そう思えば、彼女の言葉も、なんとなくつじつまが合うような気がした。
　つまり、やよいさんは多賀宮くんの元カノで、別れはしたけど、今でもそれなりに親しく、連絡を取っている……。
　じゃないと、病室に来るはずないし。
　もし多賀宮くんの好みがやよいさんなら、私は完全に敗北だ。しなやかな黒猫のような薔薇が似合うゴージャス美人に、タンポポで子犬の私が勝てるはずがない。
　多賀宮くんのことを好きなのに、ひと筋に追いかける勇気がない。
　世間じゃ、恋をしたら強くなれるんじゃなかったの。
　どうしたら強くなれるの。
　いくら考えてもわからない……。
　おまけにお母さんとも、あれから付かず離れずのなんとなくヨソヨソしい感じの空気は続いていて。気まずいことこの上ない。
　考えてみたら、お母さんにとって私の反抗ってまさに青天のへきれきに違いなくて。
　ビックリさせてしまったんだろうな……。
　カナの言う通り、これはちゃんとした話し合いが必要かもしれない。そう思い始めていたけれど、私はなにもでき

なかったし、やる気もおきなかった。

　夏休みになってから、学校の課外授業と、予備校で勉強漬けの日々になっている。
　もちろん今すぐ医者を目指すのをやめると言いたいわけじゃない。
　勉強は嫌いじゃないし、死んだお父さんやおじいちゃんのような医者になりたいという気持ちはある。
　ただ私には他の選択肢もあるんじゃないかって、お母さんに認めてほしくなっていた。
「お母さん。いつでもいいから、時間作ってくれない？」
　朝食のヨーグルトを食べながら、紅茶を淹れるお母さんに話しかける。
　これも私からしたらけっこう勇気がいることで。
　でもこのままじゃ自分がダメになるのは春で身にしみてわかっている。
「時間？」
「うん。お母さんが忙しいのはわかってるけど、色々話したいことあるんだ。どうかな」
　するとお母さんはパッと顔を輝かせた。
「本当に？　うれしいわ、私もアミカちゃんとお話したいことがあるのよ」
「本当？」
　これは想像してなかった反応だった。
　だけどお母さんにも私と話をする気があるんだって、

ホッとした。
「じゃあ来週の日曜日はどう？ お母さん、お仕事休みだし、腕によりをかけてごちそう作るから」
　腕まくりをしてポーズをとるお母さん。
　なんだかかわいい。
「じゃあママラザニア作ってくれる？」
　子供の頃から大好きだった、お母さんのラザニアは生地も手作りで本当に絶品なんだ。
「わかった、ママラザニアね！」
　お母さんは本当にうれしそうで、「買い出しにも行かなくっちゃね」とそわそわし始める。
　悪い雰囲気じゃない。
　よかった……。これならちゃんと話せそう。
　ホッとして学校に行った。
　課外授業を受けながら、教室の窓からふと外を眺める。
　夏になると、空の色が変わる。
　明るい水色に、白くて大きな入道雲。暑いのは苦手だけど、夏の空は清々(すがすが)しい。
　多賀宮くん、夏は好きかな。疲れるから嫌いだって言いそう。なんとなく。
　今頃なにしてるんだろう……。
　お母さんと話し合いをすると決めたことで少し勇気が出てきたのかもしれない。
　ずっと悩んでいたけれど、意を決して、昼休みに職員室に向かい、机の上で資料を眺めている花山先生に声をかけ

た。
「あの、先生。ちょっとお聞きしたいことがあるんですけど」
「うん、なんですか？」
「多賀宮くんのことなんですけど」
「……はい」
　先生の穏やかな顔に一瞬、影がよぎる。
「こちらで話しましょうか」
　立ち上がると、職員室の端にある、パーテーションの奥に入る。
　そこはちょっとした応接間のようになっていて、職員室の中でも人目を避けられるようになっていた。
　個人的な話だし、他人に聞かれちゃ困るよね。
　私は声をおさえて、先生に尋ねた。
「あの、先生……多賀宮くんはどうして学校に来ないんですか？」
　すると先生は少し考え込んだあと、
「流星は今、うちにはいないんです」
　と教えてくれた。
「うちにいない？」
「ちょうど新井山病院の裏手の丘の上にね、彼の父親が所有している別宅があって。そこにひとりで住んでいます」
「そうなんですか……」
　まさかひとり暮らしをしているとは思わなかった。
　でもどうして急に……。
「その、あの、私、彼と話をしたいんですが……」

おそるおそる申し出ると、
「では住所をお教えしますね」
　先生は胸もとから小さな手帳を取り出し、サラサラと書きつけたメモを差し出した。
「えっ、いいんですか！」
　聞いておいてなんだけど、おどろいてしまった。
　だってプライベートなことだし。多賀宮くんの許可をとっているわけでもないのに。
　先生はにっこり笑ってうなずいた。
「新井山さんなら大丈夫でしょう」
　先生に信頼されていることに気づいて、うれしかったし、同時に信頼を裏切れないと背筋が伸びる思いがした。
「ありがとうございます」
　メモを受け取って、頭を下げた。


　すべての課外授業を終えると、時計の針は5時を指していた。
　多賀宮くんが住むという別宅は、新井山病院から歩いて20分ほどの高台にある。バスを使えばもっと速いし、ここから30分もかからない。
　行って自宅まで帰るのに1時間。顔を見て、少し話をして戻っても、お母さんが不審に思うことはない。
　新井山病院の前を通り過ぎ、バスはさらに坂を登って住宅街の端で停車する。
　バスを降りて、スマホで調べた地図を見ながら歩くと、

目当ての建物にあっけなく到着した。
 コンクリートの３階建てで、周囲に木々が茂り、アスファルトに濃い影を落としている。庭は広くかなりの豪邸だ。
 緊張しながら門扉を開け、玄関のチャイムを押した。
 しばらくして突然ドアが開いた。
「アミカ？」
 それは、夏休みが始まる前、病院で会って以来の多賀宮くんだった。
 白い半袖のシャツにゆるめのジーンズを着た彼は、真夏でも爽やかで、相変わらずきれいだった。
 ひと月も顔を見なかったわけじゃないのに、懐かしい気持ちでいっぱいになる。
 少し髪が伸びたな、とか。痩せたような気がするけど、とにかく顔が見れたのがうれしくて、涙が出そうだった。
 って、それどころじゃない。
「急に来てごめん！　あのね、あれから学校来ないから気になって、先生に……」
「誰が来たの？」
 ドアを押さえたまま無言で私を見下ろす多賀宮くんの後ろから、女の人がひょっこりと顔を出す。
 えっ……？
 心臓が止まるかと思った。
 多賀宮くんの後ろから顔を出したのは、黒のノースリーブのブラウスに白のスカートを着た、やよいさんだったから。

「やよいさん……」
　そうだ、そうだよね。
　彼のそばにはやよいさんがいる。
　病室でつきそうくらい、信頼している人……。
　全身から、サーッと音を立てて血の気が引いていく。
　どうして彼女と一緒にいるって、思いつかなかったんだろう。
　どうして顔が見たいなんて、ノコノコやってきたんだろう。
　私、バカだ……。
　彼は私のことを好きだなんて一度も言ってないのに。
　なのに勝手に私が舞い上がって、来てもいいんじゃないかって、あれこれ理由をつけて、ここに来てしまった。
　やよいさんは警告していたのに……。
　独りよがりな自分が恥ずかしくて、情けなくなって、言葉につまる。
　唇が震えて、思いがあふれそうになって、ギュッと唇を噛みしめた。
　すると多賀宮くんはハッとしたように後ろを振り返って、
「向こうに行ってろ」
　と、やよいさんに告げた。
「どうして？」
　やよいさんは肩をすくめる。
「流星が悪いのよ。中途半端に優しくするから、こんなふうに彼女を傷つけてるのよ」

彼女は黒い瞳で私を見つめた。
　その目は意外にも静かで、私に対する敵意もなく、どちらかというと、哀れみに満ちた目をしていた。
　だけどその優しさが、対等ですらなく部外者なのだと思い知らされて、よけいにツラかった。
　病室で感じた疎外感とまったく同じだった。
「……っ……」
　気がつけば、熱いものが目からあふれていた。
　目の前の多賀宮くんがあっという間に涙でにじんで、見えなくなる。
　泣くつもりなんてなかったのに。
　多賀宮くんを困らせるつもりなんてないのに。
「ごっ、ごめんなさい……、もう、帰るから、ごめんなさいっ……」
　あわてて手の甲で涙をぬぐい、後ずさる。
「アミカ！」
　その瞬間、なぜか多賀宮くんが私の手首をつかんだ。
「俺はっ……」
　多賀宮くんの目が切なげに輝く。
　見たことないくらい苦しそうで、息をするのもツラそうな、そんな顔。
「アミカ……俺は……」
　どうしたの。どうしてそんなに苦しそうなの……。
　思わず彼に向かって手を差し伸べかけたその瞬間、
「流星、やめなさい！」

やよいさんが叫ぶ。
多賀宮くんの顔が色を失い、そして私から視線を外し、横を向いた。
その瞬間、うんと尖った刃物で、胸を刺されたような気がした。
結局、多賀宮くんはなにも言ってくれないんだ。
やよいさんを選ぶんだ。私じゃなくて……。
おなかの底から、熱い石のかたまりのようななにかがぐっとこみ上げてくる。
唇を開くと、歯がガタガタと震えた。
とっさに私は叫んでいた。
「私のこと、迷惑なら迷惑って、ちゃんと言ってくれたらよかったのにっ……！」
叫んだ瞬間、また涙があふれる。
彼は私の言葉に目を見開いた。
だけどあっという間に涙で前が見えなくなって、私は手の甲で涙をぬぐった。
そして敷地から飛び出し、走り出していた。
「アミカ……！」
名前を呼ばれたけど、その声に立ち止まっていったいなんになるの。
あそこは多賀宮くんとやよいさんのテリトリー。私は部外者なのに！
必死で足を動かして、前へ、前へと、走る。
ごうごうと風が、涙が、後ろに流れていく。

心と体がバラバラになりそうなのを、唇を噛みしめて、たえて、でもたえられそうになくて。
　涙で目の前が見えなくなったその瞬間、つま先が引っかかり、あっと思った瞬間、体がアスファルトに打ち付けられていた。
「いった……」
　なんとか体を起こしたけど、手のひらや足がピリピリと痛い。右の膝小僧に大きな擦り傷ができて、じわっと血がにじみ始めていた。
　そしてあっという間に血があふれてくる。
　膝の傷の痛みが、心の痛みとセットになって、惨(みじ)めさがこみ上げてきた。
「ううっ……」
　私は泣きながらポケットからハンカチを取り出し、膝を押さえた。
「うう、ううーっ……」
　涙がポタポタと、ハンカチの上に落ちる。
　惨めだった。
　勝手に恋をして、期待して。
　疎外感を感じて、怒って。
　私は彼にとって、ただのクラスメイトにしかすぎないのに、押しかけたりして……。
　きっと多賀宮くんは、あきれたに違いない。
　嫌われた。絶対、嫌われた。
「もう、ヤダ……」

歩けない。立ち上がれない。
そのまま道路の端で、膝を抱えてしまった。
とはいえ、私は小さな子供でもなくて……。
たった10分かそこらでも、散々泣いて顔を上げれば、気持ちが少しは落ち着いてくる。
何キロも走ったような気がするのに、そこはバスの停留所だった。
「人目がなくてよかった……」
ひとりごとを言いながら涙をぬぐい、ベンチに腰を下ろしてバスを待ち、家に帰る。
途中おじいちゃんの病院に寄ろうかと思ったけど、こんな状態だと心配をかける気がしてできなかった。
家のリビングのテーブルの上には、作り置きの夕食と一緒にメモが1枚。
【ちょっと出かけてきます】
こんな自分を見られなくてよかったという気持ちと、寂しいと思う気持ちがぶつかり合って、結局寂しさが勝り、ポロリと目の端から涙が落ちた。

## 秘密

　今が夏休みでよかったと本気で思う。
　顔を見ないで済むというのは、痛みと向き合わなくて済むということだ。
　もちろん夏休みが終わるまでの期間限定だけど、それまでにはなんとか多賀宮くんのことを忘れたい……。
「いってきます」
「アミカ、今日は7時からお食事会だからね！」
　玄関で靴を履いているとお母さんに声をかけられた。
「はーい……」
　適当に返事をして家を出る。
　朝1番でも日差しが強い。制服のブラウスから出た二の腕の表面が、ジリジリとこげる。
　成績は相変わらず。悪くはないけど、特別よくもない。
　けれど春先のように、どうにもならなくてあせる気持ちは、いつの間にか消えていた。
　なぜか最近、私の成績のことをあまり構わなくなったお母さんのせいなのか、それとも多賀宮くんに振られてただ単にやる気がなくなっているのか、わからないけど……。
　とりあえず今日、お母さんと話し合いができるのは、昔の私からしたらかなりの進歩だし、将来のことについて話をしておくのは悪いことじゃないはずだ。
　そう何度も自分に言い聞かせないと、全部どうでもいい

やって投げ出したくなるような気がした。
　予備校で勉強をしていたら、カナからスマホにメッセージが入った。
【あっついねー。『ミゾグチ』に行かない？】
　中学生の頃から夏が来るたび行っている甘味処のミゾグチは、宇治金時が絶品なんだ。
　冷たくてフワフワで、なぜか頭が痛くならないミゾグチのかき氷。確かに食べたい。
【行けるよ。タケルは？】
　即座に返事をする。
【誘ったよー】
【ふーん。だったらふたりで行けば？】
【やめてよ、恥ずかしいじゃん！】
　ずっと小さいときから3人でいるのに、ふたりきりになるのは恥ずかしいらしい。
【じゃあ今から行く】
　とりあえず区切りのいいところまで問題集を進めて、予備校を出た。
　ミゾグチは街の華やかなメインストリートの1本裏に入ったところにある。
　外は暑いので、メインストリートの商業ビルの1階で待ち合わせをすることにした。
「お待たせ！」
　私服のカナとタケルが並んで立っているのを発見して、手を振りながら駆け寄ると、

「おうおう、アミカ、まっちろちろじゃねぇか。ちゃんと日に当たってんのか？」

　小麦色に焼けたタケルが、チンピラ風に肩をいからせて顔をのぞき込んできた。

「あんまり当たってないかも。でもタケルは真っ黒だね。部活大変そう」

「おう。1年生ですでにレギュラーの俺だからな」

　タケルが自慢げに胸を張る。

「えっ、レギュラーなんだ、すごいね！」

「人の3倍走ってるもんね。真っ黒にもなるよ」

　なんだかんだ言ってタケルをよく見ているカナの言葉に、

「なんで知ってんだよ、お前」

　浅黒いタケルがちょっと頬を赤くして照れて、なんだか微笑ましい。

　けっこういい感じなんじゃないの、このふたり。

　内心ニヤニヤしながら、3人で並んでビルを出てミゾグチに向かった。

「なに、食べようかな」

「やっぱり宇治金時か、いや、みぞれも捨てがたい」

　なんてあれこれと話していると、

「あれ？」

　一歩先を歩いていたタケルが、急に立ち止まった。

「どうしたの？」

　彼の背後から尋ねると、

「あれ、アミカの母さんじゃね？」
「どこ？」
　彼が指差した先を目で追いかけて、おどろいた。
　確かにフラワーショップの前にお母さんがいる。
「ホントだ」
「てかさ、あんた目、よすぎない？　どこの国の人？」
　カナが目を細めて首をかしげる。
「両目とも2.0だけどたぶんそれ以上ある」
「いやー、こわーいー！」
　カナがムンクの叫びみたいに叫ぶ。
「あれ、なんか急に雲出てきたな」
「ちょっとー、晴れ男なんとかしなさいよ」
　カナとタケルがいつもの調子であれこれ言い合うのを背後に、私は遠くにいるお母さんを見つめていた。
　きれいに髪を巻いて、きちんとしたお化粧をしている、よそゆきバージョンのお母さんだ。
　誰かに会う予定でもあるのかな。
　いや、でもそんなはずないよね。
　だって今日は私と話し合いをするって約束したんだし。
料理、張り切って作るって言ってたし。
　なにか買い忘れでもあったのかな？
　とりあえず、声をかけようと手を挙げる。
「おかあ――」
　その瞬間。男の人がお母さんのもとへ駆け寄るのが見えた。

男の人は胸もとから財布を取り出し、代わりに花の代金を支払う。
　お母さんは大きな花のアレンジメントをうれしそうに受け取って、背の高いその人の肩に手を乗せ、甘えるように顔を近づけなにかをささやいた。
　その顔はお母さんだけどお母さんじゃない、私の知らない女の人で……。
　真夏なのに、頭から冷たい水を浴びせられたような気がした。
　あれはお友達とか、そんな関係じゃない。
　絶対に違う。じゃあなに？
　体がひんやりと冷たくなって、なにも聞こえなくなった。
　手からカバンがすべり落ちる。
　なんで、どうして？
　花屋の前から、ふたりが移動し始めた。
「待って！」
　とっさにそのあとを追いかけていた。
「おい、アミカ⁉」
「アミカ、カバン、カバン落としたよ！」
　当然タケルとカナが追いかけてきたけど、立ち止まることなんてできなかった。
　信号が点滅していた横断歩道を逃げ切るように走って渡り、腕を組んで歩くお母さんたちを追いかける。
　ポツポツと雨粒が頬に落ちる。
　天気予報は雨と言っていただろうか。

日曜日のメインストリートはかなりの人出で、何度か体がぶつかり、舌打ちされるのを謝りながら走った。
「すみません、ごめんなさい！」
　50メートル、30メートル、10メートル……1メートル。
　手を伸ばし、タクシーを拾おうとして立ち止まったお母さんのショルダーバッグの紐の部分をつかんだ。
「待って！」
「キャアッ！」
　その瞬間、お母さんがよろめいて。
　男の人が、おどろいたようにお母さんを抱き寄せて、目を吊り上げて振り返った。
「君、あぶないじゃないか！」
　その声は大きく、一瞬体が凍りつく。
　だけど振り返ったその顔に、私は息をのんだ。
「……谷尾さん？」
　そう、お母さんと一緒にいたのは、以前我が家にやってきた、ビルのオーナーだという谷尾さんだったんだ。
「アミカちゃん……！」
　お母さんが大きく目を丸くして、私を凝視する。
「あっ、アミカちゃん？」
　谷尾さんの表情から力が抜けて、穏やかになる。
　それから上品なストローハットをかぶりなおし、穏やかに微笑んだ。
「ビックリしたよ」
　だけど私は、そんな谷尾さんの100倍はビックリしてい

たはずだ。
「……お母さん、どういうこと」
　思わず問いつめる口調になる。
　どういうこともなにも、お母さんが谷尾さんとそういう関係なのは目にも明らかだった。
　だけど違うと言ってほしかった。信じたくなかった。
　だってお父さんはどうなるの。
　お願い、違うと言って。
　全然、関係ないって。仕事だけの付き合いだって、言ってよ……！
「──アミカちゃん」
　だけどお母さんは、私の名前をつぶやいたまま黙り込んでしまった。
　ポツポツ降り始めた雨は、どんどん雨足が強くなる。
　アスファルトが濃い灰色に染まっていく。
　代わりに隣の谷尾さんが、わざとなのか、ペラペラと明るい調子で話し始める。
「アミカちゃん、今日これからお宅に伺うところだったんだよ。ちょっとその前に、リビングに花を飾ろうって話になってね、少し早いけどよかったら一緒に──」
　谷尾さんの言葉に、全身が総毛立った。
「お母さん。今日はふたりで話すんじゃなかったの……！」
　谷尾さんの言葉を遮って、叫んでいた。
　周囲の通行人が、ちらちらと私を見ているのがわかる。
　けれど他人の視線なんて今はどうでもよかった。

「……私の話は……彼のことなの。だから谷尾さんをご招待して……」
　お母さんは自分の腕をギュッとつかんで、身を絞るようにしてささやいた。
　信じたくないけれど、どうやらお母さんは私に谷尾さんを紹介する気でいたらしい。
「なんでそれを、先に言わないの？」
「それは……」
　私の言葉に、お母さんの顔が青くなる。
「お母さんはいつもそう。勝手に決めて、私の気持ちなんかお構いなしで。こうやって逃げ場を封じ込めるんだ」
　悔しいのに、腹が立つのに、私はなぜか、乾いた笑い声を上げていた。
「どうりで最近、成績のこと言わなくなったと思った……。そっちに夢中だったんだ……私なんかその程度なんだね……なのに私、ずっと悩んで……バカみたいっ……」
　体がブルブルと震え始める。
　目の奥から涙があふれ、目のふちにたまる。
　瞬きを一度でもすれば涙がこぼれ落ちそうで、だから必死で目を見開いて、言葉を失っているお母さんをにらんだ。
　泣いたりなんかしない。
　苦しくなんかない。
「私なんか、どうでもいいんでしょ……！　だったら勝手にすれば……！」
「アミカちゃん！」

叫んだ瞬間、お母さんは私に手を伸ばしてきたけれど。
「触らないで！」
　ふたりの体を突き飛ばすように、私は走り出していた。
　行き先なんて関係なかった。
　あてもなく、ただまっすぐに。走らずにはいられなかったんだ。
　自分にはなにもない。
　将来の夢ですらあやふやで、お母さんに流されて、流されても結果を出せず、中途半端で。
　恋も、勉強も、なにひとつ、思い通りにならない。
　ただの人で。価値なんかなくて……。


　雨が降る。
　ザァザァと雨が降る。
　全速力で走って、息が止まりそうになって、足がもつれそうになったから、走るのをやめた。
　気がつけば着ていた服はもうぐっしょりとぬれていて、体にべったりと張り付いていた。
　行き交う人は突然の夕立に、あわてたように帰路を急いでいる。
　ここ、どこなんだろう……。雨、冷たいな……。
　けれど頭がまったく働かない。
　とりあえず商店街に入り、シャッターが下りている手芸屋さんの軒下で、雨宿りをすることにした。
　私、どうしたらいいんだろう……。

今はお母さんと話したくない。
　ううん、顔も見たくない……。
　このまま家になんか帰りたくないけど、カバンもない。財布もスマホもない。
　おじいちゃんの所に行く……？
　いや、きっとお母さんはおじいちゃんの所に先回りするはずだ。
　カナとタケルだってあそこにいたんだから、頼れない。
　本当に、情けないけど、世界でひとりぼっちな気がして、ツラくてたまらなくなった。
「……グスッ」
　雨で流れたと思った涙が、またあふれてきた。
　手の甲で頬をゴシゴシこすっていると、目の前に誰かが立ち止まる気配がした。
　もしかしてお店の人だろうか。休みと思ったのに……。
　ぼんやりと顔を上げて、目を疑った。
「お前、ここでなにしてんの」
　ビニール傘をさして立っていたのは、多賀宮くんだった。
　片手にビニール傘、もう一方の手にはスーパーの袋を持っている。
「多賀宮くん」
　嘘でしょ。なんでここに多賀宮くんがいるの？
　自分で自分の目が信じられない私は、何度も瞬きを繰り返しながら彼を見上げた。
「ビショビショじゃん」

多賀宮くんは、私を見て、ぽつりとつぶやく。
ビショビショ……だけど。確かに。
「うん。でも大丈夫……」
「んなわけあるか」
　彼はふっと笑って、持っていたスーパーの袋を傘を持つ腕に引っかけると、空いた手のほうを私に差し出した。
「ほら」
　ぶっきらぼうで、でも優しい声。あっという間に、差し伸べられた手が、涙で見えなくなった。
「……っ」
　喉がぎゅっと締めつけられる。
　いいの？
　頼っても、いいの……？
「ほら。アミ公、お手」
「……ワン」
　震えながら手を置くと、その手が私の手首をつかみ、体ごと引き寄せられた。

　どうやら私が闇雲に走ってたどり着いた先は、ちょうど新井山病院のふもとにある商店街で、それはすなわち多賀宮くんの家の近所だった。
　彼の家につくやいなや、
「まずシャワー浴びろ。あとこれ、着替え。制服はとりあえず乾燥機にかけろよ」
　タオルとTシャツを渡されて、問答無用で浴室に押し込

まれた。
　どうやらやよいさんは留守みたいだ。
　本当はこの家に入っちゃダメに決まってる。
　遠慮すべきだけど、なによりも私の手首をつかんだ多賀宮くんの手が熱くて、うれしくて、振りほどくことなんてできなくて……。
　それにぬれていない服は純粋にありがたかった。
　制服を乾燥機に放り込み、シャワーを浴び、Tシャツを頭からかぶった。
　膝はちょっと出るけど、かなり大きい。
　これって多賀宮くんのなんだろうか。背、高いもんね……多賀宮くん。
　ドキドキしながらドライヤーで髪を乾かし、バスルームを出ると、
「これ飲め」
　リビングの向こうのカウンターキッチンで、多賀宮くんがマグカップに小鍋で温めたホットミルクを注いでいた。
「電子レンジないんだよな、この家。買おう買おうと思いつつ、まぁいらないかなって……」
「ありがとう」
　カウンターにあるイスに座って、ミルクを飲む。
　ふんわりとショウガの香りが口の中に広がった。
「あ、ショウガが入ってる」
「あとハチミツな」
「おいしい」

へへッと笑うと、彼も目を細めて「そうか」とうなずいた。
　優しいな、多賀宮くん。前回、私めちゃくちゃなこと言って、ここから逃げ出したのに。
　私が気まずくないように、なにもなかったみたいに振る舞ってくれてる……。
　そして気づいた。
　私、やっぱり、彼が好きなんだ。
　全然見込みがなくても、100パーセント片思いでも、彼が好きだ。
　一見ぶっきらぼうで、冷たそうだけど、なんだかんだ言って、優しくて。
　人を突き放せない、多賀宮くんが、好き。大好きなんだ。
　だからこれ以上迷惑かけられないよ。やよいさんが帰ってくる前に、早く出て行かなくっちゃ。
「あの、これ飲んだらすぐに出て行くから」
　調子に乗ってはいけないと、自分から先にそう言った。
　すると多賀宮くんは、一変して怪訝そうな顔をする。
「どこに」
「どこにって……」
　家に帰るとは言えなかった。
「お前、手ぶらじゃん」
「それは、その……」
「どこにも行くとこがないから、あんなとこでぽやっと突っ立ってたんだろ。違うか」

「違わ……ない……です」

　たたみかけてくる多賀宮くんに、反論できない。

　でも、そういう問題じゃない。

「でもっ……でもっ、ここにいるわけには、いかないでしょ……？」

　泣きたくなるのをぐっと我慢して、うつむいた。

「なんでだよ」

「なんでって……」

　どうしてそんなこと言うの？

　私から言わないといけないの？

　無理だよ。わかってよ。

　涙目で顔を上げると、なぜか多賀宮くんが少し泣きそうな顔をして、私を見ていて。

　おどろいた。私と多賀宮くんは、まるで鏡同士みたいに、同じ表情をしているような気がした。

　どうしてそんな顔をしてるの……？

　だけどそんなはずない。

　恋をしている私の願望が、そんなふうに私の目を曇らせるんだ。情けなくなって、思わず叫んでいた。

「好きだからに決まってるじゃない……！　多賀宮くんのことが好きだから、でもそんな私がそばにいたら多賀宮くんに迷惑かけるから、出て行くって言ってるんじゃないっ！」

　せっかく引っ込んだはずの涙がポロポロとこぼれる。

「なんでわかってるくせに、わざわざ言わせるの！　多賀

宮くんは意地悪だよ！　そういうとこ、嫌い、好きだけど大っ嫌いっ！」
　その瞬間、多賀宮くんがはじけるようにカウンターの向こうから飛び出してくる。
　あまりにも怖い顔をしていたから、なぜか怒られると思った私は、思わずぎゅっと目を閉じて身構える。
　けれど次の瞬間、私の体は彼の両腕で強く、とても強く抱きしめられていた。
「っ……！」
　あまりの勢いに、手に持っていたホーローのカップが落ちて、床に転がる。
「……嫌いって言うな」
　耳もとで多賀宮くんは切なげにささやき、それから私を抱きしめる腕に力を込める。
「お前にそう言われると、堪える……頼むから、俺のそばに、いてくれよ……」


　それから私は、多賀宮くんとソファーに並んで座り、しばらく窓の外をぼんやりと眺めていた。
　1階のリビングから庭には、直接出られるようになっていて、全面がガラス戸になっている。
　夕立もやみ、代わりに太陽が沈み始める。
　夕日に照らされた、雨にぬれたサルスベリの木がとてもきれいで……。
　多賀宮くんには言えないけど、こんな時間がいつまでも

続けばいいのにって、本気で思った。
「……アミカ、屋上に行こう」
　突然、彼が口を開いた。
「え？」
「夕日がきれいなんだ」
　そして多賀宮くんはソファーから立ち上がり、私の手を取ると階段を駆け上がる。
「えっ、ちょっと待って、速いっ！」
　体の半分が脚みたいな多賀宮くんに、一般女子平均の私がついていけるはずがない。
　半ば引きずられるように階段を駆け上がり、屋上に出た。
「はぁ、はぁ、きっつい……」
　フラフラしながら、肩で息をする。
「ほら。夕焼けが始まった」
　多賀宮くんの言葉に、何度か深呼吸を繰り返して、前を見て、絶句した。
「すごい……」
　高台から見る私たちの街は、見渡す限り一面オレンジに染まっていた。
　いつものように建物の間から見る夕日じゃない、そのままの、丸い大きな杏(あんず)みたいな太陽が、ミニチュアの建物が並ぶ地平線めがけて落ちてゆく。
　太陽ってこんなに早く沈むものだっけ。
　ぐんぐんと沈んでいく太陽に、圧倒的な時の流れを感じて、なぜか胸がつまる。

「……今日も1日が終わるな」
「うん……すごいね」
　本当に、すごいとしか繰り返せない自分のボキャブラリーの貧困さ加減が情けなくなるけど、そうとしか言えない景色だった。
　毎日同じことの繰り返しで、日々が過ぎて、気がつけばあっという間にそれは過去になって。
　なにも成し遂げないまま、自分はこの先どうなるんだろうって、立ち止まっては不安になって……。
　でもそんなことを一瞬忘れそうなくらい、多賀宮くんと見る夕日は圧倒的だった。
「何年か前まで朝日とか夕日とかに関心はなかったし、どうでもいいって思ってたけど」
　多賀宮くんが、私の隣で夕日を見つめながらつぶやく。
「今は違うの？」
「そうだな。星の移り変わりとか、太陽が昇ったり沈んだりするのを見ていると、美しいなって思うし、人間も自然の一部なんだって感じるようになった」
　そして多賀宮くんは、「ちょっとここで待っててくれるか」と下に降りていき、しばらくして楽器ケースのようなものを抱えて戻ってきた。
「それはなに？」
「ヴァイオリン」
　多賀宮くんはしゃがみ込んでケースを開けると、慣れた様子でヴァイオリンをつかみ肩に乗せ、弓を持つ。

その一連の動作はとても自然で絵になって。
　　たったそれだけのことで、多賀宮くんがヴァイオリンに触れていた時間が、とても長いことが伝わってきた。
　　そして弓が弦の上をすべったその瞬間から、私の全身に鳥肌が立った。
　　パガニーニの『24のカプリース』！
　　心が躍るような躍動する低音は、風に乗れば、街の端にだって、届きそうで。
　　高音は、1音、1音がきらめきながら、風に乗り、海へ向かい、天高く上った音は、きっとそのまま星になる。
　　美しく、伸びやかに、まるでヴァイオリンが歌っているみたいだ。
　　彼と半分だけ見た映画のDVD。
　　パガニーニを演じたのは一流のヴァイオリニストだったはず。
　　けれど目の前の多賀宮くんは、それに引けを取らない演奏で、まさにヴァイオリンと一心同体で。匂い立つような美しい演奏だった。
「……ふう」
　　1曲弾き終えて、彼は弓を下ろす。
　　その瞬間、夢から覚めた私は、ハッとして彼に精いっぱいの拍手を送った。
　　自然と涙が出ていた。
　　それくらい素晴らしい演奏だった。
「すごい、すごいね、多賀宮くん！　私、ヴァイオリンの

演奏って初めて聞いたけど、すごい、鳥肌が立ったよ！」
「サンキュ」
　多賀宮くんはしゃがみ込んでヴァイオリンと弓をケースに仕舞う。
「ねぇ、ずっとヴァイオリンをしてるの？」
　興奮冷めやらぬ私は、多賀宮くんに駆け寄った。
「もうやめた。今の演奏、かなり久しぶりだったから、ミスがいくつかあった。悪い」
　彼は苦笑して、ケースを持ち上げる。
「悪くなんてないよ！」
　私はブルブルと首を振って、彼を見上げた。
「素敵な演奏をありがとう！」
　すると彼は私の頬に手を伸ばし、指で私の頬をなでる。
「泣き虫……」
　涙を拭いてくれたんだ。
「あ、ごめん……でもすごく素敵だったから」
　えへへと笑いながら、多賀宮くんを見上げた。
　彼はとても優しい表情をしていた。
　まるでこの数分の、ぜいたくな演奏会に満足してるみたいに、穏やかな顔をしていた。
　だからつい、不思議になって聞いてしまったんだ。
「でも　…どうして、やめたの？」
　もったいないって思った。
　もっと、たくさんの人に多賀宮くんのヴァイオリンを聴いてもらいたい。

聴いてもらえたら、誰だって彼を賞賛する。
　彼を認めてくれるだろうって、幼稚な考えで頭がいっぱいになった。
　けれど多賀宮くんの答えはさっぱりしたものだった。
「先がないから」
「先って……プロになるには難しいとか？　私、シロウトだけど多賀宮くんの演奏は、本当にすごいと思うし、それに今決めなくたっていいじゃない、これから先、将来の選択肢のひとつとして——」
「アミカ」
　続けるべきだと言いかける私をおさえるように、多賀宮くんは私を見つめる。
「俺、あと半年も生きられないんだ」
「……え？」
　私のすべての判断能力がその瞬間、停止した。
　目の前が真っ白になる。
「ごめ、ん……よく、聞こえなかった……え？」
　だけど多賀宮くんは、凍りついて言葉を失う私に、とても優しかった。
　まるで子供に言い聞かせるように、理路整然と説明をしてくれた。
　小さい頃から音楽ひと筋で、将来はヴァイオリニストを夢見ていたこと。
　2年前に白血病（はっけつびょう）を患ったけどそのときは奇跡的に回復して、健康な生活を送っていたのにもかかわらず、再発した

こと。そして今回は、もう治療に効果がもてないと、いくつもの病院で診断を下されたこと。

離婚したはずのご両親は多賀宮くんの治療方針をめぐって、ケンカが絶えなくなり、自分がここにいなければいいのだと、争い続ける両親を置いて、祖父の花山先生のもとに逃げてきたのだということ。

そしてやよいさんは父方のいとこで、長い間誰も住んでいなかったこの別宅を、管理している人ということ。

病気のことも当然知っていて、時折様子を見に来る身内だということ……。

かん違いを改めてやよいさんの言葉をもう一度思い出すと、すべてに納得がいったけど。

でも……でも、そんなことある？

「そんな……」

唇が、わななく。

彼の説明はわかった。内容も理解できる。

でもうまく言葉が出てこない。

治療に効果がもてないと診断されたって……そんなことあるの？

嘘でしょ、って言いたいのに、彼がとても真剣な顔をして私に話してくれていることを、とても嘘だなんて言えるはずがなくて。

でも信じられない。信じたくない。

あんな力強い演奏をする人がどうして？

今目の前に立っている彼は、どこも悪いようには見えな

いのに、残りの人生が半年もないって、どういうことなの。
　どうしてそんなことが許されるの。
　ふと、脳裏によみがえる。
　あの桜が散った夜。
「だったら、あの夜……多賀宮くんが、溺れてたのは……」
「じいさんのとこに来たはいいけど、学校なんか行きたくなかったんだ。ヴァイオリンと治療で学校ほとんど行ってなかったし……実は俺、18になったばっかだし」
　なんと大人っぽいと思っていた多賀宮くんは、本当に私よりふたつ、大人だったらしい。
「でもじいさんは、日本にいたいなら学校に通って普通の生活をするのが条件だって譲らなくてさ。そんなの無理だろ。希望に満ちた生徒に混じって、学校に行くなんて……普通ってなんだよ、やってらんねぇぜって、あの夜、ちょっと自暴自棄になって……。睡眠薬、よくない飲み方をして、ああなった。本当に自分の意思で死ぬつもりだった」
　そして多賀宮くんは、どこかスッキリしたような表情で、私を正面から見つめた。
「ごめんな、黙ってて……」
　多賀宮くんは、困ったように笑う。
　その笑顔があんまりにも優しくて。
　私を思いやってくれている、気遣いの笑顔で。
「そんな……だって……」
　ああ、やだ。やっぱり信じたくない。
　こんなふうに困らせたくないのに、彼の言葉を信じたく

なくて、私は唇を噛みしめた。
「アミカ、ごめんな」
 多賀宮くんは、その漆黒の瞳を微かに潤ませて、何度も「ごめん」と繰り返す。
 そしてなにかにたえきれなくなったのか、そのまま、空を見上げた。
 あれほど燃えていた夕日は落ち、あたりは夜のとばりに包まれて、星が瞬き始める。
 こんなきれいで、残酷な夜があるだろうか。
「アミカ……好きになって、ごめんな……先のない俺がお前を好きになっても、絶対にお前を傷つけるってわかってたのに……ごめんっ……」
 その瞬間、私は跳ねるように、彼の体に抱きついていた。
「謝らないで！」
 胸に頬を押し付け、広い背中に腕を回して、ギュッと、力いっぱい抱きしめる。
 多賀宮くんは、ダメだって思いながら、それでもたくさん、私のわがままに付き合ってくれたんだ。
 苦手な観覧車も乗ってくれた。
 行き場をなくした私をここに連れてきてくれた。
 本当に優しい人。
「私は多賀宮くんが大好き。これから先もずっと、多賀宮くんが好き。だから謝ったりしないで」
 私は多賀宮くんが好きで。多賀宮くんも、私のことを好きでいてくれる。

うれしいよ、幸せだよ。ありがとう。
これからは大好きなあなたを幸せにしたい。
それ以外、私たちの間に、必要な言葉ってあるの？
多賀宮くんを見上げる。
彼はまだ空を見上げたままだ。
でも彼の体が小刻みに震えてるから、安心させたくて、背中をなでた。
私はヴァイオリンも弾けない、なにも持っていない女の子だけど。もう二度と、彼に好きになってごめんなんて、言わせない。
「そばにいるよ。私、ずっと、そばにいる」

　それから私たちはリビングに降り、とりあえず乾燥機にかけた制服に着替えて、改めてソファーに腰を下ろした。
「ところでお前、なんであんなとこに突っ立ってたの」
「それは……」
　少し迷ったけど、隠せない。
　私は重い口を開いて、お母さんのことを1から10まで、全部説明した。
「……なるほどな。そりゃまぁ、ビックリするよな」
　多賀宮くんは長い足を組み、ソファーの背もたれを使って上半身を伸ばす。
「でしょ」
「俺の両親も、離婚してからそれぞれ2、3回パートナー変わってるけど……小さい頃は、やっぱりちょっと複雑

だったし」
「ふぅん……ええっ!?」
　おどろいた。
　2、3回パートナーが変わってるって、ええっ!?
「そんなおもしろい顔すんなよ。ウケる」
　多賀宮くんは目を丸くする私を見て、プッと笑う。
「ウケなくていいです……」
　恥ずかしくて、ソファーの上で、膝を抱えた。
　すると多賀宮くんが優しく私の顔をのぞき込んできた。
「いきなりで、おどろいたんだろ」
「うん……」
「過保護でうるさいとか思ってたのに、いざ離れられると、今までのことはなんだったんだって、反発した」
「うん……」
　彼の言う通りなんだけど。
　そうまとめられると、なんだか自分が急に子供っぽいような気がしてきた。
　確かに子離れしててほしいと思ってたのに、いきなり子離れされて、ないがしろにされたような気がしたんだよね。
「なんか、恥ずかしくなってきた……」
　膝小僧におでこをぎゅうぎゅう押し付けていると、
「アミカ、顔上げろよ」
　多賀宮くんが私の肩を抱いて、ささやいた。
　その声がとても近くて、心臓がドキッとする。
　顔を上げると同時に、チュッと額にキスをされた。

「ひゃあっ！」

いっきに顔に熱が集まる。

思わずおでこを手のひらでおさえていた。

さすが帰国子女、でも日本の、普通の女子高生である私に、こういう不意打ちは心臓に悪いよ！

「ひゃあじゃない」

多賀宮くんはクスクスと笑って、それからコツンとおでこをくっつけ穏やかな声で言葉を続ける。

「お前は悪くないよ。ビックリしちゃったんだろ。それに、お母さんだって、お前に反対されるのが怖かったから、説明とかいきなりぶっ飛ばしちゃったんじゃないのか」

「怖かった……？」

それは思いもよらない言葉だった。

「そりゃそうだろ。最愛の娘に反対されたら、その恋は終わりだ。怖くて当然だ」

「私……そうは、思わなかった」

既成事実でごまかされるんだって、腹が立ったのに。

「ごまかすつもりなら、もっとうまくやる。お母さん、料理好きなんだろ？　きっとお前と、その恋人と、一緒に食卓を囲めば単純にうまくいくと思ったんじゃねぇの」

確かにお母さんには、そういう楽観的なところがある。

そして常日頃、あれこれ考えてくよくよする私は、きっとお父さん似なのかも。

そして黙り込んだ私に、多賀宮くんはことさら明るく言ってくれたんだ。

「送ってやるから、家に帰れよ。きっと心配してる」
「うん」
　気は重いけど、確かに帰らないわけにはいかないし。
　それに多賀宮くんの言葉で、気持ちはだいぶ楽になっていた。

　自宅前の大通りを多賀宮くんと手をつないで歩いていると、向こうの方から突然声がした。
「あっ、帰ってきた！」
　あの声はタケルだ。
　どうやら昼間だけじゃなく夜も目がいいみたいだ。
　目をこらすと、タケル、カナ、そしてお母さん、谷尾さんに、なんとおじいちゃんまでいて、知り合いが大集合だ。
　なんだかおおごとになっている。
　どうしよう……。途端に足が重くなる。
　すると多賀宮くんが、
「一緒に行くって言っただろ」
　と、ひとこと。
　そうだ、私ひとりじゃないんだ。
「うん、ありがとう……」
　不思議だな。
　多賀宮くんがいてくれたら、私、勇気が出る。なんでもできる気がしてくる。
　そして多賀宮くんはつないでいた手を離し、私の背中をポンとたたく。止まっていた足が動き出した。

「ただいま」
　家の前にいるみんなに向かって、声をかけると、
「アミカ、めっちゃ心配した……って、ああっ！」
「あれ、多賀宮くん」
　おののくタケルと、目を丸くするカナ。
　私の後ろにいる多賀宮くんを指差して、ぽかんと口を開けた。
「なんでお前たちが一緒に……まさか誘拐！」
「なわけねえだろ」
　タケルのツッコミを軽く流す多賀宮くん。
　なんだか教室にいるみたいだ。
　おかげでいっきに気が楽になったのだけれど。
「アミカちゃんっ……！」
　そこに髪を振り乱したお母さんが、飛び出してきて。そのまま私に抱きついた。
「ごめんね、ごめんね！」
　今日のためにきれいに巻いたに違いない髪はすっかり乱れて、お化粧は全部涙で落ちていた。
「お母さんはアミカちゃんが世界で１番大事っ……！　どうでもよくなんか、ないっ……！」
「お母さん……」
　私が言ったこと、気にしてたんだ。
　私にしがみつくように抱きついて、ポロポロと涙をこぼすお母さんの腕は、すごく細かった。
　身長も、いつの間にか私が追い抜いていたのか、爪先立

ちだった。
　お母さん、こんなに小さかったっけ……。
　そういえば、こんなに近くで話したことなんて、最近なかったかも……。
　そしてお母さんは、子供のように、声を上げて泣き出してしまった。
「……アミカちゃん」
　谷尾さんが、そっと声をかけてくる。
「苑子さんは、アミカちゃんのことをとても誇りに思っていて、僕にも、亡くなったご主人に似て、賢くて、優しい子なんだって、いつも話してくれてたんだ。そんなお母さんのことを僕は素敵だなと思ったんだ。だから、その、今日は確かに君をおどろかせてしまって申し訳なかったけど……よかったらまた僕と苑子さんに、チャンスをくれないだろうか」
　谷尾さんは穏やかに言葉を選びながら話し、それから頭を下げる。
「お願いします」
　怒られるならまだしも、こんなふうに頭を下げられるとは思っていなかったから、ビックリした。
　谷尾さん、気分を害しても当然なのに。
　私のことを気遣ってくれている。
「あの……私こそ、今日は失礼をして申し訳ありませんでした」
　お母さんの肩をつかみ、体を離しながら、谷尾さんを見

上げる。
「お母さん。私、お父さんみたいな医者になれって言うお母さんのこと、ずっと嫌だなって思ってたくせに、お父さんのことを忘れて、私のこともどうでもよくなったんだって、悔しくなって……」
「そんなはずないっ！　アミカちゃんはお母さんの１番の宝物ですっ！」
　お母さんは力いっぱい首を振った。
「うん……ごめんね。スネたりしてごめん……」
「アミカちゃん……」
　お母さんはホッとしたように、指先で涙をぬぐった。
　谷尾さんのこと、黙っていられたこと、いきなり全部許せるほど大人じゃないけど。もう、こんなふうにお母さんを泣かせたくないって、唐突に思った。
　私だって成長しなくちゃいけない。子供だからって、駄々っ子みたいに逃げちゃいけないんだ。
　これを機に、少しずつ、お母さんと話せるようになるだろうか。ううん、なろう。
　もうこんなふうにお母さんを泣かせたりしないように。

　それから谷尾さんは、改めて食事をしましょうと約束をして帰って行った。
「おい多賀宮、俺は聞きたいことがいっぱいあるぞ！」
　タケルは多賀宮くんのことを気にしてたけど、カナが「はいはい、また今度でいいでしょ」と引きずるように帰って

いく。
　残されたのは私とお母さん、そしておじいちゃんと多賀宮くんの4人だ。
　私は多賀宮くんを見上げる。
　まだ、離れたくないな……。
　目が合うと、彼はふっと優しく笑った。
　まるで気持ちが伝わったような気がした。
　そこで、
「久しぶりに苑子さんの手作りジンジャーエールが飲みたいね。流星くんもどうだ」
　というおじいちゃんのひとことで、リビングに4人が顔を合わせることになった。
　ナイス提案、おじいちゃん！
　テーブルを挟んで、私と多賀宮くんが並んで座り、向こうにおじいちゃんとお母さんが座った。
　おじいちゃんも大好きなジンジャーエールは、舌にピリッと刺激が強い。私も大好きなんだ。
「そうだわ、せっかくだからお夕食も食べていってくださいな。お義父さんも、ぜひ」
「そうだね、そうさせてもらうよ」
　おじいちゃんはにっこりと微笑む。
「……あの、ところでアミカちゃん、こちらは？」
　そして、今頃存在に気づいたわけでもないのに、お母さんがソワソワした様子で尋ねてきた。
　目線の先はもちろん多賀宮くんだ。

「えっと……同じクラスで……」
　たったさっき気持ちを伝え合ったばかりだ。
　なんと言っていいものか、迷っていると。
「初めまして、お母さん。多賀宮流星と言います。アミカさんとは同じクラスで、お世話になっています」
「お世話？　そうなの？　私、てっきり彼氏なのかなって思ったのだけど」
「お母さんっ！」
　あわててイスから立ち上がった。
　彼氏とか、彼氏なんて、いや、彼氏なの？
　でもそんな、恥ずかしすぎるし！
　けれど隣の多賀宮くんは、お母さんに真面目な表情で言ったんだ。
「アミカさんは俺の１番大切な人です」
「なっ、なっ……」
　１番、大切な人っ？
　顔が自分でも真っ赤になる。
　それを聞いてなぜかお母さんまで真っ赤になった。
「あ、ありがとう……」
　礼儀正しく美しい多賀宮くんに、お母さんは本気で照れているようだ。ポッと頬を染めてうなずいた。
　なにこの展開。
「お母さんがお礼を言って、照れるところじゃないでしょっ！」
　告白を横取りされたような気がして、複雑な気分になる。

「うふふ、そうね。あっ、ラザニアをオーブンに入れてこなくっちゃ。すぐにできますから待っててくださいね」
　お母さんは、ルンルンでキッチンへと駆けて行ってしまった。
　ホッとしたのもつかの間、騒々しいお母さんがいなくなると、食堂が急に静かになる。
　私と、おじいちゃん、多賀宮くんの３人。
　なんだか緊張してしまう。
　私にとっておじいちゃんは、お父さんも同然だから。
　きっと彼氏と父親に挟まれる気分ってこんな感じなのかな……なんてぽわーんと妄想していると、
「新井山先生」
　突然、多賀宮くんが口を開いた。
「俺、自分の病気のことをアミカさんに話しました」
「……多賀宮くん？」
　その言葉に、私はおじいちゃんに目線を向ける。
「それって……」
「もちろん、俺の病気のこと」
「おじいちゃん、知ってたの？」
「ああ」
「いつ!?」
　お母さんに聞こえてはマズイと、あわてて口を閉じたけれど、つい大きな声が出てしまった。
　だって、おじいちゃんが知っていたなんて……。
「彼が口の中を切ってうちに来たときに。血が止まりにく

いから血液を調べて、そのあと本人に確認した」

　白血病は血液のがんと呼ばれる。血小板が極端に減り、血が止まりにくくなることもある。

　そのくらいの知識なら私にもある。

　そう言われれば、あのとき、なぜ入院になるのかと、不思議に思ったんだった。

　そっか……。だからおじいちゃんは知ってたんだ……。
「ドイツで慢性骨髄性白血病から急性に移行したと聞いたよ。そして多賀宮くんは自分の病気のことをきちんと調べた上で、治療を放棄したということも」

　おじいちゃんは苦虫を嚙み潰したような顔で、ジンジャーエールのグラスに口をつける。

　かなり渋い表情だ。けれどそれもそうだろう。

　医者にとって、治療する気のない患者ほど、じれったい存在はないのだから。

　けれど多賀宮くんは臆することなく、はっきりした声で言った。
「効かないとわかっている抗がん剤治療で苦しんで、寝たきりで過ごしたくなかった。自分の最後は自分で選びたかったんです」
「それに孫を巻き込むのかね。それが君の愛情なのか。身勝手じゃないかね」

　おじいちゃんの言葉はあまりにも一方的だった。

　巻き込む？
「おじいちゃん、違う！　私は自分で選んだの、そばに

るって、いたいって決めたの。彼に強制されたわけでもないの！　私と流星を引き離さないで！　そんな権利、おじいちゃんにはない！」
「……アミカ」
　おじいちゃんは私の反論を聞いて悲しそうに顔を歪めた。
　ああ……言いすぎた。
　後悔の気持ちが波のように押し寄せてくる。
「……ごめん、おじいちゃん。でもね……でも……反対しないで。私、そうしたいの。もう、決めたから……ごめんなさい」
　今すぐ理解してくれとは言わない。
　だけどこれは私の選択で。私は自分でこうすることを選んだって、わかってほしかった。
「いや、おじいちゃんも言いすぎたよ。医者なのに、アミカのことばかり考えて、感情的になってしまった。流星くん、悪かった」
　おじいちゃんは多賀宮くんにきちんと謝ってくれた。
「……いえ」
　そして多賀宮くんも穏やかに首を振り、おじいちゃんの謝罪を受け入れる。
「アミカさんは先生の家族ですから。心配は当然です」
「はは、参ったな。君のほうがずっと冷静だ」
　おじいちゃんは困ったように、頭をガシガシしながら、苦笑した。

確かに多賀宮くんは冷静だけど、おじいちゃんだって、プロの医者だ。
　しかもおじいちゃんは昔、おばあちゃんを看取っている。
　私の気持ちもわかるから反対したいという気持ちになるのかもしれない。
「おじいちゃん、ごめんね」
　改めてそう言うと、おじいちゃんは首を横に振った。
　なんでかな。誰も悪くないのに、どうしてこんなこっちゃうんだろう……。
　なんとも言えない雰囲気になったところで、お母さんがドアを開け、ひょっこり顔を出した。
「アミカちゃん、お料理を運ぶの手伝ってくれる？」
「あ、うん。わかった」
　お母さんのノンキな発言に、場の空気が変わる。
　助かった……。
　ホッと胸をなで下ろし、イスから立つ。
「お母さんのラザニア、すごくおいしいから。おじいちゃんも久しぶりでしょ？」
　私の言葉に、おじいちゃんはにっこり笑ってうなずいた。
「ああ、楽しみだね」
「じゃあ、俺も手伝おうか」
　多賀宮くんがイスから立ち上がると、お母さんが目をハートにする。
「あら、助かるわー。たっぷり入るガラスの容器で作ってるから、ラザニアはちょっと重いのよ」

それから食堂は、熱々の料理を前に、和気あいあいとした空気に変わっていった。
　そういえば多賀宮くん、言ってたっけ。
　食事を一緒にするのって、いっきに仲良くなるいい手段なんだって。
　谷尾さんとの食事も、できるだけ早くしようって、お母さんに言わなくちゃ……。

　食事を終えて、多賀宮くんは家に帰ることになった。
　お母さんは泊まっていけばいいとしきりに勧めたけど。
「祖父のところに顔を出すのでまたの機会に」
　と言うので、すぐそばのバス停まで送ることにした。
　まもなく夜の10時になろうかというバス停は、とても静かだ。時刻表を見ると、あと15分ある。
　たった15分。でも私にとってはうれしい15分。
　ふたりで並んでベンチに腰を下ろすと、多賀宮くんが急に、手を握ってきた。
　ドキッとしたけど、うれしかった。
　私の手なんか、彼の大きな手に簡単に包み込まれてしまう。
　彼は今日、この手でヴァイオリンを弾いてくれたんだよね……。
　うれしいなってドキドキしていると、突然多賀宮くんが口を開いた。
「"私と流星を引き離さないで"」

「……え？」
「……あれ、かなりくるものがあった」
「なっ……！」
　いきなりなにを言うのかと思ったら、食堂で私が言った言葉だった。
「もう1回言ってくれよ」
　多賀宮くんは、完全にいたずらっ子の表情で私の顔をのぞき込んでくる。
　からかわれてるー！
「なんで！」
「チャージするから。アミカのそういうかわいいとこ。全部俺のエネルギーにする」
「なっ、もっ、もうっ、からかわないで！」
「からかってない」
　多賀宮くんはくすくすと笑って、顔を真っ赤にしてプルプルと震える私の肩に、コテンと頭を乗せた。
「アミカ、ありがとう。俺、すごく幸せな気分だ」
　こんなふうに素直な多賀宮くんは、初めてだった。
「多賀宮くん……」
「流星だろ。がんばるんじゃなかったのか」
　あ。そうだ、そうだった。
　名前で呼ぶの、がんばるって言ったんだった。
「りゅ……流星」
　これを逃すと言えない気がした。
　だから死ぬ気でがんばって、彼の名前を呼ぶ。

「ありがと」
　そして彼は、長いまつげを伏せ目を閉じる。
　その顔は安らかで、穏やかで。
　だからかな……。
　突然、なにもかも受け入れている流星がいじらしくて、堪らなくなった。
　流星、好き。大好きだよ。チャージして。
　流星がエネルギーを蓄えられるなら、私、なんでもするよ。
　見上げれば雨上がりの満天の星。
　こんなことをお祈りするのは間違っているかもしれないけど、私は胸の中で何度もつぶやいた。
　ずっと、流星のそばにいさせてください。ずっとって……。

# 第3章
# 君と生きた秋

## 君のためにできること

　夏が終わり、秋になった。
　制服は再び重たい学ランとセーラー服になり、廊下を吹き抜ける風が冷たくなる。
「では秋の文化祭の出し物について、意見があればお願いします」
　放課後、教壇に立ったのは、学級委員であるタケルだ。
　自称お祭り男のタケルは、今回、文化祭の実行委員にも立候補した。ちなみにそれに付き合わされたのはあいかわらずのカナだけど。
　文句を言いながらも、付き合うカナの気持ちに、タケルもいい加減気づいたらいいのに。
　しばらくの間、タコ焼きを売ろうとか、クレープを焼こうとか、メイドカフェをしようだとか、好き勝手盛り上がったのだけど、火を使える場所を1年生が確保するのが難しいという現実に、つまずいてしまった。
　どうやら2年、3年が優先になるらしい。
「結局、展示とかになるんだよなぁ、1年は」
　教卓にもたれながら、タケルが腕を組む。
「でもただの展示じゃなぁ……つまんねぇよなぁ。当日ヒマだし」
「星空カフェとかは？」
　そこで、1番前の女の子がさっと手を挙げた。

ポニーテールで図書委員のユイちゃんだ。
「なにそれ」
　タケルが首をかしげる。
「星にちなんだカフェよ。たとえば食べ物はさ、星形でクッキー焼くとかさ、前日に用意できるでしょ？　飲み物はお湯さえ沸かせばコーヒー、紅茶、出せるんだし。電気ケトルで沸かせるじゃん」
「なるほど……てか、星ってのはわかりやすくていいな」
「そうそう、コンセプトがわかりやすいからモチーフも集めやすいと思うんだよね」
　ユイちゃんの言葉に、クラスメイトはうなずく。
「女子は髪飾りを星形にして、蛍光塗料塗ってもかわいいかも」
「床には黒いシート貼って、100均とか、そういうシール売ってるじゃん。光るやつ。あれ、床に貼るのどうだ」
「暗幕貼ることで教室内の目隠しになるな」
　と、次々意見が出てくる。
　展示をやるよりずっと楽しそうなイメージがわくからか、クフスのみんなはかなりやる気になっていた。
　意見を取りまとめて、タケルが教室の端で黙って聞いている花山先生に問いかける。
「先生、どうですか」
「そうですね、いいと思いますよ」
　先生はにこやかにうなずいた。
「よしっ、じゃあとりあえずこれで申請出すからな。許可

が出たら、来週には分担決めるからみんな協力よろしくなー！」

　長いＨＲが終わり、クラスメイトはそれぞれの用事で散り始める。

　星空カフェかぁ……。楽しそうだな。

　なんてったって流星と初めての文化祭だし。

「アミカ……」

　眠そうな声に振り返ると、流星があくびをしながら上半身を起こすところだった。

「もしかして寝てたの？」

「寝てた」

　きっぱり言われて、ガクッと力が抜ける。

「だって話がなげえんだよ」

　そういう流星は、秋になり少し髪が伸びて、眼差しに憂いが増えた。

　黒の学ランに身を包む流星はすごくカッコよくて、最近じゃ他校の女の子からも告白されてるらしいと、カナから教えてもらって、おどろいたっけ。

　けれどそんなことより、私は流星の体調のことばかり気になっていた。

　夏が終わってから、なんとなく痩せたような気がする。

　でも本人にそんなこと聞けるはずがなくて、私はことさらいつも通りを意識してる。

「だってじゃないよ。話し合いは終わったよ。星空カフェだって」

「なにそれ」

　流星は怪訝そうに頭をかしげる。

　そもそも日本の文化祭自体が初めてだから、どうもイメージが浮かびにくいみたいだ。

　そんな流星を見て、タケルとカナが、教壇から降りて近づいてきた。

「なにそれじゃねーだろ、多賀宮。お前ずっと寝てたし、真面目に考えろよ」

「まぁまぁ、いいじゃん」

「カナまで……。ったく、アミカもカナも、多賀宮にあめーんだよ」

　タケルは唇を尖らしながら、私たちを見下ろす。

「まぁ、アミカは俺のこと好きだから、仕方ない」

　流星の言葉に、タケルは絶望的な表情になり、私の顔は真っ赤になった。

「はーっ、アミカは趣味がわりぃよ、マジで……。お父さんは悲しいよ……てかカナ、お前は違うよな？」

　水を向けられたカナが、不意打ちで真っ赤になった。

　そりゃそうだよね。カナはタケルがずっと好きなんだもん。お前は違うよなって、いくらなんでも鈍すぎだよ。

「バカ、知らないよっ！」

「イッテェ！」

　カナのパンチが炸裂して、タケルが身をよじる。

「いちゃいちゃしてるな。こいつらほっといて帰るか」

　流星がふわふわとあくびをしながら立ち上がった。

「そうだね」

確かにこれもある意味いちゃいちゃだ。

流星の言葉に、私は笑ってうなずいた。

「じゃあまたねー」

私がタケルとカナに手を振ると、流星もちょこっとだけ手を挙げる。

あの夏から、こうやって4人で絡むことが多くなった。

ふたりには流星の病気のことは話していない。

流星がそれを望まないから。

他人に気遣われたりかわいそうなんて思われたくないし、このまま普通に、過ごしたいんだっていう彼の気持ちはわかる。

そしてなにより、私が……このまま普通に過ごしていたら、流星の病気はなかったことになるんじゃないかって、思っているんだ。

本当に、覚悟なんてできてない、弱虫だった。

「なんか最近、いきなり寒くなったよな。どっかであったかいのでも飲んで帰るか?」

「そういえばコンビニにそろそろココアが出る時期だよね」

流星と他愛もないおしゃべりをしながら歩いていると、校門の前で、たむろしている女子生徒にいきなり声をかけられた。

「仲良いねー、いっつもふたりで帰るんだねー」

と、からかうような声と、値踏みする眼差し。

たぶん上級生だ。

私はこういう状況に死ぬほどうといのでカナ情報になるけど、先輩には目の敵にされている分、１年生女子には影で応援されているらしい。

　なぜかというと、流星が並み居る美人の先輩たちを振りまくってるから、だそうで。

　なるほど私のようなタンポポ女が流星と一緒にいることは、女子に勇気を与える素晴らしい行為らしい。笑っちゃうけど。

　まぁとにかく。私は彼女たちの言葉に傷ついたりしない。

　いちいちこんなことで、心を振り回されたくない。

　そんなことを悩んでいるヒマがあったら、流星の前で笑顔でいたい。

「行こう」

　こんなのなんてことない。

　流星を見上げる。

　だけど彼はいつものクールな表情で、いきなり、

「俺がこいつなしじゃいられないからですけど」

　と、彼女たちに向かってきっぱりと口にしたんだ。

　からかってきた先輩たちのほうが、恥ずかしくなるような清々しさで。

　どどどどど、どうしたの、なんでそんなこと言うの!?

　顔にどんどん熱が集まる。

　だけど流星は、さらにそんな私の肩を抱き寄せ、こめかみのあたりに顔を寄せた。

　遠目からはキスしているように見えたかもしれない。

「きゃー!」
　これはもちろん私の悲鳴ではなく外野の悲鳴。
　ハッとして周囲を見回すと、校舎の窓から見ている生徒もたくさんいて、クラクラとめまいがした。
「い、行こう!」
　騒ぎを聞きつけた先生に見つかるのを恐れて、私は全身真っ赤になりながら、流星を引きずって学校をあとにしたのだった。


　コンビニでココアどころじゃなかった。つい家まで怒涛(どとう)の勢いで帰ってきてしまっていた。
　鍵を開けて玄関に入ると、お母さんがちょうど出かけるところだった。
「あら流星くん、こんばんは」
　お母さんが流星に微笑みかける。
「こんばんは。お出かけですか?」
「ええ。仕事の打ち合わせよ。9時には帰るから、戸締りはしっかりね。ごはんはたくさん作ってるから、流星くんも食べていってね」
　先週磨いていたハイヒールに足を入れるお母さんは、なかなか美人だ。
「谷尾さんによろしく」
　そう言うと、パアッと頬を赤くして、
「今日は違います、仕事ですっ!」
　と、いそいそと出て行った。

「アミカ、お母さんをからかうなよ」
　流星がくすっと笑う。
「そうだよね。つい」
　自分でも進歩したなと思う。
　谷尾さんとは、あれから何度か食事を共にしている。
　これから先、ふたりがどうなるかはわからないけど、もし万が一再婚するということになっても、たぶん大丈夫。
　だって、お母さんが谷尾さんと結婚しても、新しいお父さんができるだけだし。
　私のお父さんがいなくなるわけじゃない。
　お父さんはどこにでもいる。この家に、そして私の中に。
　それがわかれば、お母さんはお母さんの人生を生きてくれればいいと、思えるようになったんだ。
　私も少しだけ、大人になったのかもしれない。


　流星とふたりでお母さんが作った夕食を食べた。
　豚汁とごはんと、野菜の煮浸し。
　ゆっくり食べながら、学校とか、一緒に見たDVDの感想とか、他愛もない話をする。
　ふたりで食器を片付けたあとはお茶を淹れて、いつものように私の部屋でプラネタリウム鑑賞。
　クッションを積み重ね、肩を並べて床に座った。
「そういえば、なんであんなことしたの？」
「あんなことって？」
　星のチャンネルを合わせながら、流星が頭をかしげる。

「学校で……」
　自分で説明するのも恥ずかしい。
　ごまかすようにゴニョゴニョとつぶやいた。
「ああ……あれね。ムカついたから」
　ところが彼の返事はいたってシンプル。なんら恥じることはなさそうだ。
「ムカついたからって……」
　人目があるところであんなことして見せるなんて。
「私はなに言われても全然平気だよ」
「バーカ。俺が平気じゃないんだよ」
　流星はカップをテーブルの上に置くと、真面目な顔で、私の肩を抱き寄せ、顔をのぞき込んできた。
「俺こそ他人にどう思われようがどうでもいいよ。だけどお前が侮辱されるのは許せないし、こんなことで、お前を不安になんかさせたくない」
「流星……」
　りんとした迷いのない声が、私の胸を打った。
　彼は私をとても大事にしてくれる。
　お返しをしたいのに、なにも思いつかない自分がもどかしくなる。
「流星……ありがとう」
「惚れ直したか」
　流星はニヤッと笑って、いたずらっ子みたいに目を細める。
「もうっ！」

またからかわれたと思って、彼の胸のあたりをたたいたら、やすやすと手首をつかまれ、引き寄せられた。
「お前の目って茶色いな」
　流星の指が、目の下をなぞる。
　彼はヒマがあれば、いつでもどこでもこうやって、私の目をのぞき込む。
　彼が言うには、私がいつも見てるから、らしいんだけど。
　私はドキドキして、たまったもんじゃない。
「うん。よくカラコン入れてるのかって言われるんだけど、おじいちゃんもそうなの。もしかしたらお父さんもそうだったのかも……」
　私の目。そういえば以前、ヴァイオリンと同じ色だって言われたっけ。
「ヴァイオリン、いつかまた聴きたいな」
　ずっと前から考えていたことを、思い切って口にした。
　流星のお父さんの別宅で、一度聴かせてもらっただけで、それっきりだったから。
　流星のパガニーニ。今も心に焼き付いてるんだ。
「わかった。練習しとくよ」
　意外にも彼は、承諾してくれた。
　てっきり断られると思っていたから、うれしくなる。
「ホントに？」
　思いがけない約束に胸がはずんだけれど、でも私ひとりだなんて、すごくもったいない気がした。
「たくさんの人に聴いてもらえたらいいのに。流星のヴァ

イオリンは、きっと人を幸せにする。本物の音楽だよ」
「アミカ……」
　流星が目を丸くした。私がこんなことを言い出すとは思ってなかったみたいだ。
　でもそれはお世辞でもなんでもない、私の本音だった。
　そうだ、そうだよ。
　流星のヴァイオリンをみんなに聴いてもらいたい。
　その瞬間、頭にパッと最高のアイデアがひらめいたんだ。
「ねぇ、文化祭は？　バンドやる人もいるし、講堂を借りて、演奏会なんてどう？」
　口に出すと、ものすごい名案のような気がしてきた。
　そうだよ、流星の演奏会を開く！
　我ながら天才じゃなかろうか。
　ワクワクしながら流星に向き合う。
　けれど彼は首を横に振った。
「日本に来たのは、親も音楽も捨てて死ぬためだ」
「あ……」
　その宣言は、一瞬浮かれた私の気持ちを地面にたたきつける、キツイひとことだった。
「だけど今は違う。ただ死を待つだけじゃない。アミカがそばにいてくれるから、日々穏やかに暮らせるんだ」
　流星の言葉は私を少しだけ喜ばせたけれど、同時にそれでいいのかって、そんな気持ちになった。
　私だけ幸せなんて、おかしい気がした。
「でも流星……それでいいの？　流星のヴァイオリンはあ

んなに素晴らしいのに」
とても捨てていいものだとは思えないよ。
だけど流星の意思は固くて。
「……もう決めたんだ」
きっぱりと言われてしまった。
そう。流星はいつも自分で決断する。
18の男の子には荷が重すぎるんじゃないかって思うけど。でも彼にとって、自分で決めるということは、とても大事なことなんだ。
自分の最後は自分で選びたいという、流星の言葉。
もちろんそれは、私にも大きな課題となっていた。
私はなにかできないかと、正直に言えば、あせっていた。
ただそばにいるだけじゃなくて、彼のためになにか……なにかをしたかったんだ。
だけど私にできることなんてなくて。私は彼の気持ちを受け入れるしかない。
だって、流星の残り時間は長くないんだから。
彼のすべてを受け入れて、彼が望むように穏やかに暮らせるのが1番に決まっている。
「そうだね。ごめん、今のは私のわがままだね」
「アミカ……」
流星は少し困った顔をして、それからそっと私の体を抱き寄せた。
「俺こそごめん。ホントは自信がないだけだ。ずっと弾いてないからさ。そういう状態で他人に聴かせたくないんだ。

俺、完璧主義だから」
　冗談ぽくささやきながら、流星が微笑む。
「だけど、他人のためじゃない、お前のためになら何度だって弾いてやるよ。約束する」
「うん……ありがとう」
　流星は本当に優しい。私のために、弾くと言ってくれる。
　その気持ちがうれしかった。
　もうわがままを言うのはやめよう……。
　彼の気持ちを大事にしよう。
　そう思いながら、彼の背中に腕を回した。

## 文化祭の奇跡

　それから文化祭の本番まで、あっという間だった。
　準備期間中は、相変わらずタケルと流星がやり合ったりはあったけれど、基本的に和気あいあいで、笑いの絶えない日々で。流星もなんだかんだ言って楽しそうにしていたのが、うれしかった。
　そしていよいよ当日の朝。
「そっち、支えてー！」
「オッケー」
　教室の真ん中に立ち入り禁止のコーナーを作り、リサイクルショップで買ってきた家庭用プラネタリウムを設置する男子たち。
　それを横目に、なんだか流星はおもしろくなさそうだ。
　机の上に頬杖をついて、唇を尖らせている。
「あんなのアミカの家にあるものと段違いで劣るだろ」
「それっぽい雰囲気があればいいんだよ」
「そんなもんか」
　流星は大げさに肩をすくめ、それから教室の端に設置した、店内BGM用のCDデッキに目を向けた。
「あのデッキ、かなり年代物っぽいけど」
「あれは誰かが使わなくなったの持ってきたんだって」
「動くのかよ」
　そこにカナがやってきて、ピッと親指を立てる。

「大丈夫。動作確認済みよ。それより君たち、午前中はカフェ店員なんだから、ユニフォームに着替えてくれる?」
「うん、わかった」
「俺もやるのかよ」
「当たり前でしょー。午後からは交代で休憩できるから、しゃかりきに働いてね」
「へえへえ……」
　流星は面倒くさそうに立ち上がる。
　着替えを終えて教室に入ると、男の子に混じって、学ランを脱いでロングのカフェエプロンを身につけた流星が立っていた。
　白いシャツを肘までまくってる、それだけ。
　でもなぜだろう。なんだかものすごくカッコいい。
「こうすると俺もなかなかカッコよくね?　働くおしゃれカフェのお兄さんって感じしねぇ?」
　流星に見とれている私の前に、自慢げなタケルが、カナにエプロンをつけてもらいながら割って入ってきた。
「自分でリボン結びできない人に言われてもね」
「カナの言う通りだよ、タケル」
「ううっ、ひどいっ!」
　タケルは嘘泣きで、両手で顔を覆った。
　相変わらずのタケルとカナを横目に、流星に駆け寄る。
「流星、なんだか違う人みたい。どうしてかな」
「あれよ、これはギャップ萌えってやつなのよ」
　そこで、スタイリスト担当のリエちゃんが胸を張る。

「ギャップ萌え？」
「首までピシッとボタンを留めて、色気をおさえることにより、逆に色気を想像させるのよ。なんだか硬派なのに不思議、これは恋なのかしら？って想像させられて、キュンとするのよ」
「なるほど……」
　クラス一のおしゃれなリエちゃんに言われると、そんな気がする。
　感心していると、
「いや、俺は普通だからいいけど、アミカの首が出てる」
　流星はツインテールにした私の背後に回って、ピトッとうなじに触れた。
「ひゃっ！」
　流星の手はちょっと冷たくて、思わず体を震わせる。
「これは無防備だろ。弱点が丸出しだぞ」
　するとリエちゃんが眉を寄せ、
「なに、弱点って。普通に彼女のイメチェンで、他の男が寄ってこないか心配って言えばいいのに」
「む……」
　流星は少しうろたえると、
「否定できないな……」
　とつぶやいた。
「流星ったら……」
　流星のやきもちに顔が赤くなった。
　残念ながら私がモテるはずないので心配するだけムダだ

と思うけど……普段は下ろしているだけの髪をツインテールにして、おそろいの星形チャームがついたゴムをつけている。

　格好はセーラー服の上にエプロンだけど、結えない子はピンやカチューシャで合わせているので、数が集まると、なんだかアイドルっぽくてかわいいんだ。
「よしっ、開店30分前だ。円陣を組むぜ!」
　タケルの鶴の一声(ひとこえ)で、30人弱の人間がワラワラと集まって肩を組む。

　流星もやれやれって感じだけど、タケルと私の間に入って、いちおう参加した。

　ガシッと肩を組む。

　たくさんのワクワクした顔に、私も徐々にテンションが上がってくる。
「星空カフェー、声出していくぞー!」
「オーッ‼」
　とてもカフェを始めるとは思えない気合の入り方で、高校生になって初めての文化祭は始まったのだった。


　とにかく午前中は忙しかった。

　飲み物は、紅茶、コーヒー、オレンジジュース。お菓子は星形クッキーと、星形ゼリー。

　メニューは簡単なものだし、大したことないと思っていたけど、いざ始まってみるとてんてこ舞いだった。
「そろそろアイスティーの在庫切れるはず、在庫確認。あと、

家庭科室にふたり行って、クッキーのアイシング手伝ってきて」
　陣頭指揮をとるのは、おうちが喫茶店をしているカナだ。彼女の適切な指示でなんとか現場は回っている。
「アミカ、午前中組は休憩だよ」
「えっ、もうっ!?」
　カナの言葉におどろいて時計を見れば、確かに１時で交代の時間。
「多賀宮くんと回っておいでよ。戻りは４時ね」
「ありがとう！」
「楽しんでおいで」
　カナはパチンとウインクをして、私を送り出してくれた。
　一方、流星もかなりぐったりとしていた。
　中庭でベンチに並んで腰を下ろし、屋台で買ったトロピカルジュースを飲む。
「大丈夫？」
「あー、まぁ、基本的にコーヒーを運ぶだけの仕事だったから」
　ウエイターの流星が素敵だからと、ウワサがウワサを呼び、途中教室の外まで女子の行列ができたのだ。
「モテモテだったそうで……」
「妬ける？」
　流星がニヤリと笑う。
　わかってて聞くんだから、ホント意地が悪い。
「そりゃ、当然……妬いちゃうよ」

自分が不似合いだと陰口をたたかれるのはよくても、流星が女の子に囲まれているのを見るのは嫌だ。やっぱりおもしろくない。
　素直にそう答えると、
「かわいいなぁ、お前は」
　上機嫌で肩を抱き寄せられ、頭をグリグリされた。
「もーっ……」
　この余裕(よゆう)……。私のやきもちがうれしいなんて、意味がわからない。
　まぁ、流星がうれしい顔してるのは、私もうれしいけど。
　そこで流星が、ふと体を起こしてポケットからスマホを取り出した。
　そして画面を見て不機嫌そうに眉根を寄せた。
「どうしたの？」
「やよいから。父さんが帰国してるって連絡が来た」
「えっ、お父さんが!?」
　確かドイツにいるんだよね。
　となると、お父さんと会うことになるのかな？
「今日？」
「ああ。家に帰ってるだろうから、今日からじいさん家に避難だ。クソッ、ギリギリに言うあたり、ワザとだな」
　流星はため息をつき、そしてそのままスマホをポケットにしまい込む。
「ドイツからでしょ？　当然流星に会いに帰ってくるんだよね。お父さんと会わないの？」

「会わない。で、この話は終わり」
　キッパリと言い放つ流星。
　取りつく島もないとはまさにこのことだろう。
　本当にいいのかなぁ……。
「——それよりも、アミカにプレゼントがある」
　お父さんの話はこれで打ち切りらしい。
　流星がなんだか意味深な顔で私を見つめた。
「プレゼント？」
　プレゼントってなんだろう。プレゼントをもらうような記念日でもないのに。
「いま？」
「違う。今日、俺んちで。天気もいいし」
　なぜか空を見上げた。
　天気もいい？
　お天気が関係するの？
　いったいなんだろう。気になる。
「まぁ、せいぜい楽しみにしてろよ。きっと俺に惚れ直すから」
　流星はキョトンとする私に、なにかをたくらんでいるような悪だくみの笑みを浮かべて見せた。


　それからふたりで校内の催し物をいくつか見て回って、文化祭を満喫して。
　交代の時間になり教室に戻ると、うちのクラスの前が人だかりでワイワイしていた。

いったいどうしたんだろう。

人混みをかき分けて中に入ると、お客さんの姿はなく、なぜかクラスメイトが輪になって、タケルを中心に、あーでもないこーでもないと騒いでいる。

「どうしたの？」

「なんかこれ、動かなくなったみたいでさ」

タケルが心底困ったように指差したそれは、プラネタリウムだった。

なんとスイッチを入れても反応しなくなったらしい。

プラネタリウムは室内の暗幕や天井を照らす、星空カフェの心臓のようなもの。ないと困る。

いや、すごく困る……よね。

「星がなかったら、暗いところでお茶飲むだけだからな」

「マズイよね、どうする？」

「お客さんに帰ってもらう？」

「えーっ、ゼリーとかクッキーとか、めっちゃあまるぞ」

「リサイクルショップに文句言おうよ」

突然の事態に、教室の中は蜂の巣をつついたような大騒ぎだ。

確かにプラネタリウムがない星空カフェなんて、ただ暗くて危ないだけの教室で、ロマンもへったくれもない。

すると、それまで黙っていた流星が、こういう状況の中でめずらしく声を上げた。

「プラネタリウム、アミカんちにあるじゃん」

「あっ、そうだ、アミカの部屋にプラネタリウムある！」

流星の言葉を聞いて、カナも思い出したように叫ぶ。
「あー、あったなぁー。でも親父さんがつけたやつだろ？でもあれ、うん十万もする高級品じゃん。借りられねぇよ」
　タケルが首を振った。
　カナもタケルも、小さい頃私の部屋でプラネタリウムを見て知っているんだ。
　なぜ思い出さなかったんだろう！
「ううん、うちの持ってこよう！」
　私は叫んでいた。
　新しいものを買うにしても、量販店にあるのか問い合わせないといけないし、それから買いに行っても、かなり時間がかかる。
　とりあえず機材調整中ということで1時間だけ店を閉めて、その間に私が荷物を取って帰ってくればいい、とクラスメイトに説明した。
「……いいと思う」
　私の案に、クラスメイトたちはうなずいた。
　タケルも結局、そうするしかカフェを再開するのは難しいとわかってくれたみたいだ。
「本当に悪いな。親父さんの大事なものなのに」
「いいよ、そんなの。気にしないで」
　そこで、話を聞いていたリエちゃんが財布からなにかを取り出し、差し出してきた。
「とりあえず、タクシーで行って帰れば時間節約になるよ。荷物もあるし、私のタクシーチケットあげるから、コレで」

「ええっ、いいの？」
「いいよ、うちお金持ちだもん！」

　豪快にグッと親指を立てられて、笑ってしまった。

　確かにリエちゃんのおうちは地元でも有名な建築会社だけど。

　とりあえずタクシーのお金はあとで必要経費として会計担当の子に精算してもらうことになった。
「わかった、じゃあ行ってくるね！」

　チケットを受け取ると、
「俺も行く」

　流星が私の手をつかみ、教室を出た。

　15分程度で自宅に戻り、プラネタリウムを箱にしまった。それを流星が抱えて階段を慎重に降りていく。
「なぁ、今さらだけど勝手にアミカの家にあるなんて言って、悪かったな。タケルの言う通り、これ親父さんの大事なものだよな」

　私の前を歩く流星が、階段の途中で立ち止まり振り返った。
「えっ、なにも悪くないよ。私もあのときは全然思いつかなかったけど、ナイスアイデアだと思ったし、みんなに楽しんでもらえたらお父さんも喜ぶと思うし……それに」
「それに？」

　流星がじっと私を見つめる視線が、熱い。

　ちょっと恥ずかしくなって目を伏せる。

「あのね、流星と過ごす、高校初めての文化祭だから、大事にしたいなって……個人的に」

えへへと笑うと、

「アミカ……」

流星が、妙に真面目な顔になって、軽く背伸びをして私の唇にキスをした。

ほんの数秒。

でも世界中の時が止まったような、そんな気がした。

ゆっくり唇が離れる。

流星の伏せられたまつげがゆっくりと持ち上がり、熱っぽい目が私の心をとらえる。

「すげー今の、殺し文句」

「……っ、あ、あの……」

顔が熱い。死ぬほど熱い。

「ホント、アミカ、惚れた男に弱いよな。俺がいなくなったあと、心配になってくるレベル」

俺がいなくなったあと──。

その言葉に胸がいっきに冷たくなった。

「もうっ、そんなこと言って！　だったらずっと見張っててよ！」

とっさにそんなことを口走っていた。

そうだよ。いなくなるなんて言わないでよ……。

そんな私の気持ちを知ってか知らずか、流星はふっと表情を和らげて、笑顔になる。

「だけど俺は、アミカに、すごく救われてる」

「流星……」
「ありがとう」
　彼はそのまま階段を降りていく。
　私はただ流星のことが好きなだけだよ……。本当にそれだけなんだ。


　待ってもらっていたタクシーに乗り込むと同時に、
「すみません、ちょっと寄り道お願いします」
　と、流星が運転手さんに声をかける。
　告げた住所は彼のお父さんの別宅だった。
　玄関先につけて、それから流星ひとりで中に入り、数分で戻ってきた。でも、ひとりじゃない。痩せた背の高い、おじさんと一緒だった。
　顔の彫りが深く、浅黒い。
　おじさんは助手席に座り、私に向かってなんだか気まずそうに会釈した。
　ななめから見た顔が、誰かに似ている。
「あの、もしかして……」
「オヤジ」
　流星がふてくされたようにつぶやくから、飛び上がらんばかりにおどろいた。
「お父さん……！」
「多賀宮です。初めまして」
　どういう風の吹き回しなんだろう。つい数時間前には会わないって言っていたのに。

「あ、あの、新井山雨美花といいます。初めまして……！」
　ペコッと頭を下げると、
「いえ、こちらこそ……」
　と頭を下げられて、おたがいにペコペコが止まらなくなってしまった。
　海外でITエンジニアをしているというお父さんは、見た目は少し近寄りがたいけど、案外繊細な感じの人なのかもしれない。
　なんとなく、勝手なイメージで流星みたいなクールなタイプを想像していたから、不思議な感じがした。
「なにやってんだ、お前ら」
　流星はお父さんと私を見比べ、ふっと鼻で笑う。
　明らかにバカにされている。
「だって、いきなりだから、ビックリして！」
「アミカのおどろいた顔、ホントおもしろいな」
「おもしろがらないでよ……もう」
　ため息しか出ない。
「流星、なんだか楽しそうだな……」
　お父さんが私たちのやりとりを見て、初めて優しそうな顔になる。その顔がとても穏やかだったから、私までうれしくなった。
　なのに流星は、
「まぁ、楽しいな。学校も行ってみるもんだって思ってるよ」
　なんてさらっと答えて、それから腕時計に目を落とす。
「なんとか間に合いそうだな」

お父さんとは一度、花山先生に挨拶に行くということで校門で別れてしまった。
　どんな話をするんだろうとか、まさか流星をドイツに連れて帰るなんて言わないよね、なんて色々気になったけれど。私たちにも今やらなくちゃいけない仕事がある。
　プラネタリウムを持って教室に急いだ。
「お待たせ！」
　待ってる間にネットで説明書に目を通してくれたらしい、理系男子代表の陣内（じんない）くんに手渡すと、手際よくプラネタリウムを設置してくれた。
「スイッチオーン！」
　締め切った教室内に精確な星空が浮かぶと、クラスメイトたちが、
「おおー！」
「めっちゃすげぇ！」
　と声を上げる。
　確かに家庭用プラネタリウム最高峰の星空は、広い教室でも満天の星空を映してくれる。
　一瞬だけ状況を忘れて、みんなで魅入ってしまっていた。
「そろそろ開店できるかな？」
　壁の時計を見ると、残り１時間強。
　だけど今度はまた新たに問題が持ち上がったらしい。
「配線でどうもダメになったっぽいんだよな」
「というと？」
「そっちのボロのデッキも使えない」

陣内くんの言葉に、みんな肩を落とす。
「なんだよ、次から次にー」
なんと店内BGMまでダメになったらしい。
「ええー？」
と、落胆の声が響く。
「スマホで音流す？」
「教室内に聞こえるレベルで？」
「まずそんな音源持ってねぇわ」
「動画サイトで適当に探して、流すか」
　お店を開けることが第一だと考えたタケルが、そう口にした瞬間。
　教室内に、突然艶やかな音が響き渡った。
　音の主は、教室の1番後ろの机に腰を引っかけるようにして座っていた。
　左肩にヴァイオリンを乗せ、右手には弓を持っている流星。
「えっ？」
　目を疑った。
　どうして、流星がヴァイオリンを？
　教室内の視線が集まった瞬間、彼はふっと笑って、それからゆっくりと演奏を始めた。
　誰もが知ってる、モーツァルトの『きらきら星変奏曲』。
　かわいらしくて、素朴で、でもキラキラする、そんなメロディー。
　次の瞬間、タケルとカナはハッとしたように顔を見合わせ、その場に釘付けになっている生徒たちを振り返る。

「店、開けよう！」

　それからの1時間は、まるで夢のように過ぎた。
　店内に入れない客が廊下にあふれ、混乱を聞きつけた実行委員の指示で仕方なく窓を開放し、星空カフェは星空立ち飲みカフェに変更になってしまった。
　教室は満員になり、当然グラスも足らなくなって。
　紙コップでオレンジジュースを飲み、クッキーをぽりぽりとかじるというおかしな光景でも、文句を言う人はひとりもいなかった。
　暗幕に映し出す星空と、その下で様々な曲を演奏し続ける流星。
　いつもの無愛想もクールな表情もなく、ヴァイオリンを弾く流星は天使みたいに優しい顔をしていた。
　そこにいた誰もが流星に見とれていた。
「新井山さん」
　声のした方を振り返ると、廊下に、花山先生がやよいさんと一緒に立っていた。少し離れた後ろに流星のお父さんもいる。
　ヴァイオリンを演奏する流星を、信じられないと言わんばかりの目で、見つめている。
「先生……！」
　窓から顔を出すと、なんと先生が泣いていた。
　いつも穏やかでニコニコしていた花山先生。だけど今は先生じゃない、おじいちゃんの顔で、泣いているんだ。

「ありがとう」
「そんな、ありがとうなんて……。私なにも、してません」
　そう、私はなにもしていない。
「そんなことないわ。あなたがいなければ、流星は弾いたりしなかった」
　やよいさんもうっすらと涙目になっている。
「あなたが喜んでくれるから、あなたのために、流星は弾くことに決めたんでしょう。私、あなたと付き合うこと、反対したわ。きっと傷つくと思ったのよ。でもあなたたちはその先に向かおうとしている。ひどいことたくさん言ったのに……ごめんね」
　私がいるから……？
　流星を振り返ると、演奏中なのに、すぐに私の視線に気づいて、パチンとウインクをしてきた。
　そのウインクになぜかギャラリーが「キャー！」と盛り上がる。
　そのうち、お客として来ていたおじいさんに夫婦の思い出の曲らしい昭和歌謡をリクエストされて、おばあちゃんが泣き出し、教室が拍手に包まれたりして。
　タケルとカナだけじゃない、教室にいる男子も女子も、なぜか半泣きになってしまって。
　本当に、本当に素敵な１時間だった。
　ねぇ、流星。流星は本当にすごいよ。
　今日はある意味突発的な事故だったけど、やっぱり流星の音楽を、たくさんの人に聴いてもらえて、よかった。

よかった……！

　それから文化祭１日目の終わりを告げる鐘がなる。
　ジャズ風味の『蛍の光』を演奏し始めた流星が、カナに目配せする。
　カナは力強くうなずくと、教室内のお客様に声をかけた。
「間もなく閉店でございます。本日は星空カフェをご利用いただきまして、ありがとうございました！」
　最後のひとりのお客様が教室から出て行ったのを確認して、私は流星へと駆け寄った。
「なんで、なんでヴァイオリン持ってきてたの？」
　たぶん、家に寄ったとき持ってきたんだよね。
　お父さんに気を取られてなにも気づかなかった。
　流星は丁寧にヴァイオリンをケースに仕舞い、それから机に腰かけたまま、私を静かな目で見つめた。
「ちょっと、屋上で話せるか」
　なぜ、屋上？って思ったけど、その目がとても真剣だったから、私はうなずいて流星と屋上へと向かった。
　外はもうほとんど日が落ちていて、本当の星空が広がり始めていた。
　流星は金網に手をかけて、ゆっくりと話し始める。
「プラネタリウムがおかしくなったとき、プレイヤーも動かなくなってたから、もしかして配線から全部ダメになったんじゃないかって思ったんだ。でもそのときは、俺は正直関係ないって思ってた。文化祭も、別に楽しくないわけ

じゃないけど、早く終わって、アミカとふたりきりになりたいとか思ってたし。でもアミカ言ったろ。俺と過ごす初めての文化祭だから大事にしたいって。俺、それまで自分のことしか考えてなかったけど、その言葉聞いて、俺もアミカとの文化祭、最高にしたいって思ったんだよな」
「流星……」

　流星の言葉に胸がいっぱいになる。

　うれしかった。

　私が望むように、流星も文化祭を最高の思い出にしたいって思ってくれたなんて、本当にうれしかった。
「それに、ヴァイオリン、ずっと練習してたし」

　ちょっと照れたように、うつむく。
「してくれてたの？　あっ、プレゼントってもしかして」
「そう。聴いて。これはアミカのために」

　そして流星は、改めてヴァイオリンを肩に乗せ、弓を引いた。

　曲はパガニーニのカプリース。

　情熱的でロマンチックで、切なくて、激しい。まるで彼自身みたいなメロディー。

　なんてきれいなんだろう。

　流星のなにもかもが、私を惹きつけて離さない。

　流星と出会って恋をして、たった半年と少しのはずなのに、生まれてからこのかたずっと、私は彼に恋をしていたような、そんな気がした。

　ううん、気がするんじゃない。そうなんだ。

私はきっと流星に出会うために生まれて。
　今日、学校の屋上で、流星のヴァイオリンを見届けるために、生まれてきたんだ。
　最後の1音が天に昇る。
　夜空に溶けて、星になる、その瞬間を。

　文化祭2日目の朝。昨晩の余韻で幸福感に包まれて眠っていた私の部屋に、お母さんが飛び込んできた。
「アミカちゃん、アミカ起きて！」
「うーん……？」
　ぼーっと働かない頭で時計を見上げる。
　ごじ……はん……。
「なんなの……まだ早いよ……お母さん……」
　布団にくるまって、目を閉じようとすると、その布団を豪快にはぎ取られた。
「バカッ、早く起きなさい！　流星くんが、おじいちゃんの病院に運ばれたって！」
「……え？」
　その瞬間、頭から冷水を被らされたような気がした。
　無意識にベッドから飛び起きて、お母さんにつめ寄っていた。
「なにがあったの!?」
　サーッと全身から血の気が引く。
「よくわからないわ。お義父さんが……なにをおいてもすぐに来なさいって」

その瞬間、来るべきときが来たのだと、ブワッと熱い涙が吹き出した。
「やだぁ……やだよ、なんでもう、早すぎるよ……！」
「アミカちゃん……？」
　お母さんが怪訝そうに眉をひそめ、私の肩をつかむ。
「流星がいなくなっちゃう……そんなの、やだっ、覚悟なんてできてないっ！」
　そばにいると決めた日から、もしかしたらいつかこんな日が来るのかもしれないと思っていた。
　だから彼のためになにかしたいとあせっていた。
　でも私にはなんの力もなくて、本当にただ、彼のそばにいるだけで、流星をただ好きでいることしかできなかった。
　そして、なにもできなくても、奇跡が起こるんじゃないかって、なんの根拠もないのに思っていた。
　そう信じたかった。夢を見ていたかった。
　でも現実はこうだ。
　幸せの絶頂にいたはずなのに、こうやって容赦なく地面にたたきつけられるような苦しみを、味わわなければならない。
「いやっ、行かないっ、流星が運ばれたなんてなにかの間違いだよ、そんなはずないよ、昨日はあんなに元気だったんだから、そんなはずない！」
　イヤイヤをするように身をよじり、ベッドに逃げ込もうとしたその瞬間。
「アミカ、しっかりなさいっ！」

パァンと大きな音がして。

　遅れて頬がカッと熱くなって、お母さんにたたかれたことに気づいた。

　打たれたことなんて一度もなかったから、まずビックリした。

　ビックリして涙も止まった。

「おかあ、さん……」

　お母さんは見たことがないくらい真剣な表情で、しっかりと私の肩をつかみ、顔を見据えた。

「話はあとで聞くから。まず病院に行くわよ。5分で着替えなさい。タクシー呼ぶから、着替えたらすぐに降りてくるの。わかったわね？」

「……はい」

　お母さんは私のクローゼットから適当に洋服を抜き出すと、そのまま階下に降りていく。

　そうだ……。泣いているヒマなんて、ない。

　残された私は手の甲で涙を拭き、パジャマを脱いでデニムとチュニックを着た。

　髪はとりあえずひとつにまとめて、階段を降りる。玄関には同じく身支度を整えたお母さんがいて、ふたりでやってきたタクシーに乗り込んだ。

　秋の朝はひどく寒かった。

　思わず自分の体を抱きしめると、隣に座ったお母さんが無言で私の肩を抱き寄せる。

　人肌の安心感に、もう冬が近いことを知った。

第4章
# 君がくれた冬

## 星空デート

　流星は文化祭2日目の朝、自宅の階段から足を踏み外して落ち、お父さんの通報で新井山病院に運ばれた。
　意識を失ったのはほんの一瞬。
　けれどその事故から、流星は少しずつ学校を休みがちになった。
　流星はなにも言わなかったし、おじいちゃんももちろん守秘義務があるからなにも教えてくれなかったけれど……。
　当然、私はなにかおかしいと思っていたのに確かめる勇気がなくて。
　ただ、せっせと流星のもとに通い、自作のノートを持って行ったり、おしゃべりをするだけで、現実から目を逸らしていた。
　そんな12月の半ばのある日のこと——。

「うー、寒いっ」
　授業を終えて、さぁ帰ろうと予備校を一歩出たところで、
「よっ」
　手を上げるダッフルコートを着た流星を発見して、腰が抜けそうになった。
「りゅっ、流星!?」
　なんで流星がここにいるのっ!?
　意味がわからないまま、あわてて柱にもたれるようにし

て立っている彼のもとに駆け寄った。
　最近、起き上がるのもちょっとダルイって言っていたのにどうしたんだろう。
「いつから待ってたの!?」
　思わず彼の腕をつかんで、顔を見上げていた。
　どこか具合を悪くしてないか、そんなことが気になって、彼の顔色をうかがってしまう。
「大丈夫。終わる時間に合わせて来たから待ってないし。とりあえずさみいから、なんかあったかいものでも買いに行こうぜ」
　私を見つめ返す流星の様子は、悪くなさそうで。
「うん」
　ホッとしつつ、うなずいた。
「よしよし。勉強がんばってるアミカにおごってやろう」
　流星は私の頭をぽんぽんとたたくと、それから私の手を取って、コンビニに向かって歩き始めた。
　ちなみに向かった先はあのいわくつきのコンビニだ。
　目の前にして、どうやら流星も思い出したらしい。
「懐かしいよな」
　と、ちょっと笑う。
「うん……流星に助けてもらったコンビニ」
　たちの悪そうな人たちにからまれて。そこを流星に助けてもらって。怪我の治療のためにうちに無理やり連れて行って。ふたりでプラネタリウムを見て。
　そして私はその日から、どんどん流星のことを、好きに

なったんだ。
「あいつらがいたらどうする？」
　流星が、からかうように私の顔をのぞき込む。
　前はおっかなすぎて泣いてしまったから、こんな意地悪を言うんだろうな。
「ふんっ……こんな寒い時期にもいたら逆にビックリだし、風邪ひきますよって、言ってあげるよ」
「ククッ、なんだよそれ。親切かよ」
　流星は私の言葉に肩を揺らして笑った。
　それは強がりでもなんでもなかった。
　あの頃は知らない男子ってだけで怖かったけれど、今は正直、それほど怖いとは思わない。
　それは流星が隣にいるからってことじゃなくて、今の私にとって、どうでもいいことだからで。
　私が怖いのは、なによりも流星を失うことで、よけいな心配などしているヒマはないんだ。
　流星は、紙コップのコーヒーとココアを買って、ひとつを私に差し出す。
「ありがとう」
「どういたしまして。てか、今日おばさんは？」
「出張だよ。だからまだ一緒にいられるよ」
　なんだか懐かしいな。
　数ヶ月前、季節は違っていたけれど、流星は予備校帰りの私を迎えに来てくれて。こうやってジュースを飲んだり、アイスを食べたり、一緒にプラネタリウムを見たりしたっ

け……。
　もしかして、体調よくなったのかな。
　また学校に通えるようになったのかな。
　だから迎えに来てくれたの？
　そんな疑問が次々に頭に浮かぶけれど、それを口に出して問いかける勇気は私にはなかった。
　そうやって、しばらくコンビニの明かりを背にして熱々のココアを飲んでいると、先にコーヒーを飲み終えた流星が、カップを握りしめてダストボックスに放り投げる。
　放物線を描いたそれは、きれいに穴の中に吸い込まれていった。
「おお……器用だね」
　私はこたつから出たくないばっかりにみかんの皮を放り投げて、ゴミ箱を倒して散らかすタイプなので素直に感心してしまった。
「俺さ、自分で言うのもなんだけど、たいていのことは人よりうまくできるんだよな」
　流星がさらっと自慢してきた。
　でも確かに運動も勉強も、音楽の才能だってある流星が言うと、確かにそうですね、と首を縦に振らざるを得ない。
「私、不器用だからなぁ……」
　こんなんで医者を目指せるものかと、ため息をつくと、
「アミカ」
　突然、流星が私の顔をのぞき込んできた。
「今日……ってか、今晩。うちに来ないか？　本当はその

つもりで待ってた」
「え……？」
　それって、お泊まりってこと？
　もしかしてずっと一緒にいられるってこと？
　甘く、星のようにきらめく流星の瞳に、私は吸い込まれてしまって。
「うん……」
　私はうなずいていた。


「こんばんは、おジャマします」
「いらっしゃーい」
　リビングのソファーにはやよいさんがいた。
　缶ビール片手に本を読んでいる。流星の家に来るのは久しぶりだった。
「お父さんは？」
「ドイツに戻ってる。ちょっと整理しなきゃいけない仕事とかあるらしくってさ」
　流星はそう言って、やよいさんが座っているソファーの上に積んであるモコモコしたなにかを手に取り私に差し出した。
「シャワーを浴びてこれに着替えるんだ」
「え？」
　受け取ったものを見れば、フリース素材のロングワンピースだった。いや、ワンピースだけじゃない。モコモコの靴下に防寒素材の真新しい肌着まである。

着替えは助かるけれど、これをすべて身につけるとなると、正直暑そうだ。
「部屋の中でここまで防寒しなきゃダメなの？」
「はいはい、アミカちゃん。いいからお風呂入ってきて。その間に私と流星で準備してるから」
「準備？」
　やよいさんはソファーから立ち上がると、まだ事態を飲み込めていない私を、半ば無理やりバスルームへと押し込んでしまった。
　とりあえずシャワーを浴びて、これに着替えるしかなさそうだ。
　とりあえず言われた通りにシャワーを浴び、渡されたルームウェアに着替えて、もう一度リビングに戻った。
「シャワー浴びましたー！　って、あれ、いない？」
　そこには流星の姿も、やよいさんの姿もない。
　ふたりともどこに行ったんだろう。
　もしかして外？
　まさかと思いながらリビングから庭を見るけれど、そこにも人の姿はない。
　庭に顔を出したまま、おかしいなときょろきょろしていると、頭上から声がした。
「アミカ、こっちー！」
　声のした方を見てみれば、なんと流星とやよいさんが屋上から手を振っていた。
　あわてて階段を駆け上がり、屋上に出て。

「う、わぁ！」
　私は思わず声を上げていた。
　なんと屋上の真ん中に、ドーンと白いテントが張ってあったんだ。
　テントの前には小さなテーブルと、おしゃれなラグを何枚も重ねた上に、クッションが置かれ、くつろげるようになっている。
　さらにハンモックまで張ってある。
　そして真っ暗なはずの空間をオレンジ色に照らすのは、あちこちに置いてあるランタンと、キャンドルで。
　屋上をぼんやりと照らし、昼間とはまるで違う幻想的な雰囲気に、私はぼーっと見とれてしまった。
　ここは屋上だけど、どこからどう見てもキャンプだ。
「な、な、なんなの、これ！」
　興奮した私の肩に、流星がロングのダウンジャケットを羽織らせた。
「どうだ、きれいだろ」
　ちょっと自慢げに言われて、私はコクコクとうなずく。
「どうしたの、これ。すごい！」
「もちろん流星が用意したのよ」
　やよいさんがクスクスと笑いながら、目を細める。
「えっ、流星がひとりでしたの？」
「まぁ、1週間くらいかけて、少しずつな。雨が降ったらどうしようかってそればっかり気になってたけど」
　そして流星は、すごいすごいと興奮する私を見て、うれ

しそうに微笑んだ。
「あんまさ、最近デートとかできなかっただろ。そのお詫び」
「流星……」
　お詫びなんて……。
　お詫びなんて、流星はなにも悪いことをしてないのに。
「っ……」
　胸がいっぱいになって、涙が出そうになって。
　私は無我夢中で、そのまま流星に抱きついていた。
「流星、ありがとう……！」
「おー……大成功だな」
　流星はちょっとおどけた様子で笑って、私の頭をぽんぽんとたたく。
「じゃあ私は下に降りてるから」
　やよいさんはちょっと寒そうに肩のあたりをなでると、私と流星を見比べた。
「いちおう保護者として言っておくけど、不純異性交遊は禁止よ？」
「バカか、お前は」
　流星は目のふちをちょっとだけ赤くして、それから私の手をぎゅっと握った。
「不純じゃねえっつーの」
「はいはい、それは失礼しました」
　そしてやよいさんは「寒い、寒い」と言いながら、屋上から降りていく。
　私はやよいさんを見送ったあと、体調が悪い中、こうやっ

て私と過ごすためにこの場所と、時間を作ってくれた流星の思いやりに、涙が止まらなくなった。

　私はなにもできなくて、怖くて立ち止まってばかりなのに、流星はどうしてこんなに思いやりがあるんだろう。

　恥ずかしい……。

「流星……」

　つないだ手はすごくあたたかくて。

　ううん、手だけじゃない、心もぽかぽかとあったかくなって。涙が止まらなくなった。

「なんだよ、泣くなよ」

　流星は、私の頬をすべり落ちる涙を指でぬぐった。

「俺はお前に笑ってほしい」

「うん……うんっ」

　笑ってほしいというシンプルな流星の願いがすごくうれしかった。

　だから笑おうと思った。流星のために。

　それから私たちは防寒をしっかりした上で、ハンモックの上に一緒に寝転がった。

　意外にもハンモックに寝転ぶのは、バランスを取るのが難しくて。ふたりできゃあきゃあとはしゃいで、笑いが止まらなくなったりしてすごく楽しかった。

「寒くないか」

　どうにか横になれたところで、流星が毛布を膝にかける。

「うん。流星は？」

「俺も全然。つか、アミカがあったかいからな。子供は体

温高いんだよなぁ……」
「ちょっと、子供扱いやめてもらえますー?」
「はいはい」
　流星は苦笑しながら、私の肩を抱き、こてん、と頭を乗せてきた。
「星、きれいだな」
「うん。私、冬の星座が1番好き」
　言葉をひとつ口にするたびに、白い息が上がる。
　頬までぴりっとするような寒さの中で、空気はどこまでも澄んでいて……。
　夢みたいにきれいで。宇宙は広大で。
　こうやって空だけを見上げていると、この世界に流星とたったふたりきり。そんな気さえしてくる。
　そうだったらいいのに。たったふたりきりでこのまま星になれたらいいのに……。
「あ」
　流星が声を上げる。
「どうしたの?」
「流れ星」
「えっ、どこ!」
「あのあたり」
　流星が腕を伸ばして、夜空を指す。
「私も探す!」
　気合満点で、流星の指先を必死に追いかけたけれど、流れ星はなかなか流れない。

むむ……。そうよね。流れ星なんて、そう簡単に見られたら苦労しないよね……。
　がっくりしながら隣の流星をちらっと見つめた。
「ねえ、流れ星にお願いした？」
「なんで」
　私の問いかけに不思議そうな顔をする流星。
「なんでって、流れ星にお願いするのは世界共通だって聞いたよ」
「特にしてない」
「ええー……」
　流れ星なんてレアな現象を見ておいて、お願いしないなんて、ある？
　不満そうな私の顔を見て、
「いや、だって無理だろ。一瞬だぞ、一瞬。ピュッと流れて終わりじゃん」
　流星は肩をすくめる。
「む……確かに。じゃあ今から流れたら、お願いするから。流星も一緒にやろう」
「はいはい……付き合いますよ」
　流星は苦笑しながら、私の肩を抱いていないもう一方の手を伸ばし、私の手を握った。
　なにを願うのなんて、いまさら口にしない。
　医者を目指しておいて、こんなことを言うのは本当に非論理的で、おかしいかもしれないけれど……。
　私の願いは、流星に奇跡が起こりますようにと、ただそ

れだけで……。
「ドイツじゃさ、流れ星は"天使が楽園を照らすランタンの灯を消す瞬間の光"って言われてるんだ」
「へえ……ロマンチックだね」
　流星の言葉で、一面の星空の中に、思わず天使の姿を探してしまう。
　楽園……天国ってことだよね。
　天国はランタンで照らされているんだ。
　闇の中に浮かび上がるたくさんのランタン……。
　今まさに私は、天国にいるのかもなんて一瞬思ったけれど……縁起でもない。
　天国なんて、まだ早い。
　流星はここにいる。私の隣に、生きてる。
　私は左隣の流星の手をぎゅっと握り返した。
　それからしばらくして。
「アミカ」
　流星が私の名前を、とても優しく呼んだ。
「なあに？」
　幸せな気持ちの中、こたえると。
「俺、来週から新井山病院に入院するから」
「……」
「入院って言っても、積極的な治療をするメリットはないから、あくまでもがんとの共存を目指した、積極的緩和ケアだけど」
　流星は、私の手の甲を指でなでながら、言葉を続ける。

「アミカ……今までありが……」
「待って!」
　流星の言葉を私はさえぎっていた。
「待って……今までなんて、言わないで」
　ぎゅっと、ぎゅっと。つないでいないほうの手を握りしめる。
　爪が手のひらに食い込んで痛いくらいに、握りしめる。
　唇がわなわなと震えるのを、必死で噛みしめた。
　アミカ、泣くな!
　涙、引っ込め!
　泣いてたまるもんか!
　流星の前で、悲しい涙なんて流さない。
　彼が私の笑顔を望むなら、ずっと笑うんだ。
　流星が私の前で強く優しくあるように、私も彼のために、強い女の子にならなくちゃいけない。
　それが彼と一緒にいると決めた、私のやるべきことなんだと、強く、強く、願って。
　すうっと心が静かになる。
「流星……」
　震える唇をゆっくりと開いて、彼の名前を呼んだ。
　顔をしっかりと上げて、私をどこか不安そうに見つめる流星のおでこに、自分からコツンと額を当てる。
「私、流星と一緒にいたい。だから拒んだりしないで。引き離そうとしないで」
「アミカ……」

今にも降り注ぎそうな満天の星空の下で、私は誓った。
"流星のそばにいる"
　残念ながらこの目で流れ星を見ることはできなかったけれど、この広い星空の下、世界中のどこかに落ちている流れ星に、私は願った。
　息が止まる、最後のその瞬間(とき)まで。
　彼を愛し続けるんだと。

## 神様に誓った日

　心底冷える、とある冬の土曜日。
　ぐるぐると巻いた赤いチェックのマフラーに顔を埋め、私は新井山病院の入院棟の廊下を小走りで駆け抜けていた。
「アミカちゃん、院内を走ってはダメよー」
「はーい、ごめんなさい！」
　私を見て苦笑する有佳子さんの言葉に謝りながら、ドアをたたいた。
「流星、ただいま！」
「おかえり、アミカ」
　流星は窓辺のベッドで上半身を起こし、外を眺めていた。
「外さむーい！　でも顔熱いー！」
　私が駆け寄って抱きつくと、
「ガキかよ。ほっぺ真っ赤だぞ」
　と笑って、私のくしゃくしゃになった髪に指を入れ、髪をすく。
　流星の顔を見たら、ほっとする。私の居場所はここなんだって安心する。
　だから私はいつの間にか、病室に顔を出すとき「ただいま」と言うようになっていた。
　当然流星が「おかえり」と言ってくれる。これが今の私の日常。

「走ったら熱くなっちゃって」
「忠犬アミ公が俺に会いたくて走ってるの、実はここから見てた」
「えっ？」
　言われて窓から外をのぞくと、確かに入院棟に続く渡り廊下を２階のこの部屋から見ることができる。
　私が全力疾走する姿もしっかり見えたに違いない。
「もうっ、そんな恥ずかしいところ見なくていいから！」
　そして私は、カバンから紙袋を取り出して、流星のベッドに腰を下ろした。
「なぁ、あそこにある建物って、なに？」
　流星が中庭を指差す。
「ああ、なんだろうね。よく知らない……」
　内心、ドキッとしながら答えると、
「ふぅん……物置かな？」
　流星はどうでもよさそうにうなずいたあと、
「それがウワサのたい焼きか」
　後ろから私の体を抱きしめ、肩にあごを乗せた。
「そうなの。流星は頭としっぽどっちがいい？　ちなみに私はしっぽが好きなんだけど」
「しっぽ」
「私が好きなのもしっぽなのに？」
「しっぽ」
「……仕方ないなぁ」
　譲らない流星に、私はため息をつきつつ、しっぽの部分

をちぎって、彼の流星の口もとに運ぶ。
「うまいな。なんかモチモチしてるけど、かりっとしてて。うまい」
「でしょ」
　別に私の手柄でもなんでもないけど、つい胸を張ってしまった。
　クラスメイトの、陣内くんのおじいちゃんがやっている小さなたい焼き屋さんが、テレビで紹介されてから毎日行列で。土日午前中だけの短期バイトをすることになったと、流星に話している。
「ちなみにお前はなにやってんの？」
「会計だよ。今まで陣内くんのおじいちゃんとおばあちゃんがのんびりやってたから、そもそもレジがないの。だから私がやってるんだ。全部100円とかならわかりやすくていいんだけど、値段が10円刻みの10種類だからね、けっこう集中力使うんだよ。ちなみにタケルは行列整理と注文取る係。最初会計してたけど、10分でギブしてた」
「そりゃ大変だな」
　流星はクックッと笑って、
「やっぱり頭も食べる」
　とささやいた。
　毎日、学校が終わると私はまっすぐ病院に通う。土日は午前中のアルバイトが終わってからだけど。1日だって例外はない。予備校は少し休むことにして、その代わり、病室で勉強をしている。

流星は明らかに痩せた。そして身体中、ちょっとぶつけたような跡が、消えなくなった。

　それでも流星はなにもあきらめていない。

　だから私も、流星を見習って勉強を始めた。

　流星が緩和ケアのための入院を決めてから、私もたくさんの本を読んだ。

　特にアメリカの精神科医が書いた、人が死を迎えるときの心のプロセスについて研究された本を、私は何度も読み返していた。

　この本がすごいのは、告知されている末期がんの患者さんに直接インタビューをしていることだ。

　死にゆく人の心には、5つの段階があるという。

　まさか自分が死ぬはずはないと、死を自分から遠ざけようとする第1段階。

　なぜ自分がこんな目にあうのかと、見るものすべてに怒りを覚える第2段階。

　神頼みで、死から逃れようとする、第3段階。

　そして喪失感からくる鬱と、世界との決別を覚悟する悲嘆の第4段階。

　そして最後の、第5段階は受容。

　死を受け入れること……。

　自分の死を静かに受け入れる心の準備をする。

　もちろんすべての人間が、これにあてはまるわけでもない。

　けれど段階を踏んで人の心は変わっていくのだと理解さ

えしていれば、ケアするそばの人も心の準備ができると知った。

そう、そして私も向き合うんだ。

流星の最後の瞬間と。

ちなみに、流星が新井山病院に入院していることは、私たちのクラスだけの秘密になった。

30人のクラスメイトは、本当に、誰にも話していない。

自分の意思でそれを口にしないと決めてくれたクラスメイトには感謝しかない。

このSNSが当たり前の時代に、驚異的な結束で流星は守られている。

そしてその統制をとったのは、タケル。

12月に入って、タケルが涙ながらに、みんなに頼んだから。あのときのこと、今でも昨日のことのように、思い出すことができるんだ……。

「アミカ、なにがあったんだよ」

放課後、教室をふらふら出て行こうとしていた私を呼び止めたのは、タケルとその隣に立つ心配そうなカナだった。

それは、流星が本格的に入院してから1週間が経った頃のこと。私はほとんど眠れなくなっていた。

普通に過ごしていたつもりだったけど、やはりふたりの目はごまかせないらしい。だけど言えるはずがない。

「別になにも……急いでるから、ごめん」

私は笑って、ふたりから目を逸らす。

流星に会えても会えなくても、病院には通っていた。その日ももちろん行くつもりだった。
「どこに行くんだよ」
　タケルがイラついたように私の腕をつかみ引き止める。
「つか、多賀宮どうしたんだよ。あいつ全然学校来ねえし。まさかマジで不良になったのかよ。お前、あいつに付き合わされてるんじゃねえだろうな」
　以前から学校を休みがちだった流星のことを不良扱いしていたタケルは、どうやら流星の不在と私の憔悴ぶりをそういうふうにかん違いしたらしい。
　なんだかタケルらしいなと、思わず笑うと、
「なんで笑うんだよっ！　そんなに俺たち信用できねえのかよっ！」
　悲しそうに叫んだタケルの声が、廊下に響き渡った。
　放課後の賑わいも嘘みたいに、その瞬間、水を打ったように場が静まり返る。
　そこに「仲良し３人がまさかの痴話ゲンカか？」みたいなからかうような声が聞こえてきた。
　発言の主はクラスメイトで、おかしな空気を和らげようとしてくれたのかもしれないのだけれど、
「うるせえよ！」
　それにまたタケルが反発して、いっそうおかしな空気になってしまった。
「ストップ」
　そこでカナが私とタケルの間に入って、首を振った。

「大声出さないって約束したでしょ、タケル。場所を変えて、落ち着いて話そう。アミカだって、意地悪で黙ってるわけじゃないんだよ」
「……悪い」
 タケルが素直に謝る。
「ね、アミカ」
「カナ……」
 そうだ。ふたりにはいつまでも隠せない……。
 なにより私がこんな状況にたえられそうになかった。
 それから3人で、屋上へと向かった。
 こんな時期だから風が冷たく、当然人っ子ひとりいない。
「あのね……」
 そして私は、神妙な顔をしたタケルとカナに、多賀宮くんとの出会いを、そして彼が今また、おじいちゃんの病院に入院していることを、話したのだった。
「——隠してて、ごめんね」
 長い話を終えると、急に吐く息が冷たくなったような気がした。
 私は幼なじみたちに頭を下げる。
「心配かけて、ごめんね……」
 たぶんずっと前から、今日までずっと、私が話してくれることを待っていたはずなのに。
 カナもタケルも、黙って私を見守ってくれていたことに、ようやく今、気がついたんだ。
 私は自分と流星のことで頭がいっぱいで、ふたりのこと

を忘れていた。
　物心ついてからずっと、ふたりには支えてもらってきたのに、私はなんて薄情なんだろう。申し訳なくて、唇を噛みしめて、ぎゅっとこぶしを握った。
「……バカだね」
　カナが、かすれた声でささやくのが聞こえた。
「うん……ごめん」
「違う、そうじゃないよ。どうして謝るの。アミカが謝ることなんかひとつもないでしょ」
「え？」
　下げていた頭を上げると、カナが涙で目を潤ませて、まっすぐに私を見つめていた。
「バカなのはあたしとタケルだよ」
「そうだよ……お前がこんなに苦しんでたの、なんか変だって思ってたのに」
　タケルも泣いていた。
「自分にめっちゃ腹が立つ。なんでもっと早くに声かけなかったんだってっ……！」
　次の瞬間、カナがわっと泣き出して、私にしがみついて来た。
「よく、今までひとりでがんばったね！」
　そしてタケルが、その背後からカナごと私を抱きしめる。
「アミカ、気づけよ！　お前はひとりじゃないんだぞ！」
「っ……」
「俺たちのこと頼れよ！　多賀宮だって水臭すぎるだろ！

アミカの彼氏なら、俺たちだって親友だろ！　頼れよっ！」
　ぎゅうぎゅうと、痛いくらい抱きしめられて。
「ふっ……ううっ……」
　強くいなくちゃと押し込めていた弱気が、全身から押し出されていく。
　口から、目から……。どんどん、あふれていく。
「うっ、ううっ……うわぁぁぁ‼」
　そして私は、まるで子供のように、叫んでいた。
「いやっ、いやだあっ……！　流星に、おいていかれるの、いやだあっ……！　離れたくなんか、ないよおっ！」
　それは私の心からの叫びだった。
　きれいごとじゃない、流星には絶対に見せられない、私の本心だった。
「流星が死んだら、私も死にたいっ！　世界に未練なんて、ないっ……！」
　親友ふたりを前にして、私は醜い心を全部、さらけ出していた。
　そんな私の叫び声を聞いて、カナが腕に力を込める。
「アミカ……ッ」
　そしてタケルも。
「そうだ、泣けよ、アミカ。吐き出せ、俺たちいくらでも受け止めてやるから！」
　強く、強く私たちを抱きしめる。
　幼稚園の頃からずっと一緒にいて。あまり自己主張をしない私は、ケンカばかりするふたりの間で、むしろ仲介役

だと思っていた。
　だけど本当は違ったんだ。
　感情をうまく表に出せない、あぶなっかしい私を、ふたりはこうやってあたたかく見守ってくれていたんだって、ようやく気がついた。
　すべての膿を吐き出すように泣いたあと、私は気がついたら屋上のコンクリートの上にぺたりと座り込んでいて。
　カナの胸に優しく抱きしめられていて。
　そしてタケルは、私たちふたりの風除けになりつつ、学ランの上着を私の肩にかけてくれていた。
「……なんか、泣きすぎて頭がんがんしてきた」
　私がぽつりと口を開くと、タケルが、
「めっちゃ鼻声だな」
　と、笑う。
　確かにものすごく泣いたから、喉もおかしな感じになっている。そういうタケルもめちゃめちゃ鼻声だけど。
「つか、寒いよね。冬だからね」
　カナもふふっと笑って、私の頬に張り付いた髪を指で取り除いてくれた。
「帰りにラーメンでも食いにいくか」
　タケルの言葉に、私もうなずいた。
「うん。おなか空いちゃった」
　泣いたらおなかが空くなんて。
　なんて現金なんだろうと、思う。
　だけどこれが生きているってことなんだと、唐突に思っ

た。
「多賀宮のためにしっかり食えよ、アミカ」
「うん」
　泣いて、笑って、苦しんで。
　それでも私は生きているし、流星も生きている。
　そうだ。タケルの言う通りだ。
　どうせなら、泣いて悲しむよりも、流星のために笑っていたい。
　それからしばらくして、タケルは先生の許可を取って、HRの時間にクラスのみんなに向けて、流星の話をした。
　当然まったく学校に来ていなかった流星のことは、みんなかなり心配していたから、騒然となったし、病気のことを聞いて、泣き出す子もたくさんいた。
　だけどタケルはしっかりと言ってくれたんだ。
「俺、アミカと一緒に、多賀宮が自分で選んだ生き方を、応援しようと思う」
　そう、"生き方"って言ってくれたんだ。
　死に方じゃなくて。生き方を応援したいって。
　その言葉を聞いて、私はまた泣き出してしまったけれど。
　本当にうれしかった。
「みんなにそれを強制するつもりはない。認めるだけでも応援だと思ってるから。だけど……もしなにかしたいと思ってくれてるなら……」
　そしてタケルは、目に浮かんだ涙をゴシゴシと袖口で拭いてから、教室のみんなの顔をニッと笑顔で見回した。

「俺、このクラスなら、できると思う」

　この話を流星に聞かせたら、
「そんな気遣いしてくれなくてもいいのに」
　って、苦笑してたっけ。
　だけど本当はうれしかったと思う。
　両親にも否定された流星の生き方を、これでいいんだって、受け止めてもらえたんだから。
「クラスのやつらに会いたいな」
　ぽつりと流星がつぶやく。
「流星……」
「まぁ、なかなか難しいだろうけど」
　流星は私がなにかを言う前に、さっと希望を引っ込めてしまった。
　そろそろ面会時間が終わる時間だ。
　流星はベッドに移動して、私の上半身を抱きしめる。
「チャージ完了」
　優しい声に、目が潤む。
「もっと」
　そして私からぎゅっと抱きしめた。
　あげられるなら、私の命、あげたい。
　私の命を半分こして、残り全部を流星にあげたい。生きている間、ずっとふたりでいたい。
「過充電になるだろ」
　流星がクスクスと笑う。

彼が笑ってくれるだけでうれしい。

でも規則だから帰らなくちゃいけない。

「じゃあまた明日ね」

なんとか理性を振り絞って彼から体を離し、手を振って病室を出る。

病室を出ると、廊下の端におじいちゃんが立っていた。

「おじいちゃん」

きっと私を待っていたんだろう。

そしておじいちゃんがなにを言いたいのかも、悲しいかな、大体予想がつくんだ。

おじいちゃんの白衣をつかみ、そのままおじいちゃんの広い胸に顔を埋めた。

「……っ、うっ……」

泣いちゃダメだ。私が泣いてどうするの。

声が漏れそうになるのを必死に噛み殺して、手の甲で涙を拭い、顔を上げる。

「どうしたの？」

「多賀宮くんのご両親が来てるんだ。ぜひアミカも一緒にと、言われてる」

「うん、行く」

流星のご両親とは、入院してから何度かそれぞれにお会いしている。お父さんは長い休みを取ったという。そしてイギリスで教職に就いていたお母さんも、同じく休みを取ったらしい。

流星が毛嫌いするから、どれだけ仲が悪いんだろうと気

になっていたけれど、お会いして話してみればふたりともごく普通の、息子のことを心底心配してる、お父さんとお母さんだった。

　私とお母さんもそうだったけど、思い込みと、決めつけ、様々な感情が入り混じって、よくない方向に転がって、収拾がつかなくなるんだろう。

　たぶん人って、ちょっとした行き違いで大きくこじれてしまうんだ。

　院長室に入ると、ふたりが憔悴した様子でソファーに座っていた。

「こんばんは」

　私が声をかけると、ふたりは顔を上げ、悲しみを押し殺して笑みを浮かべてみせる。

　おじいちゃんと並んで、ソファーに腰を下ろした。

「流星くんは日々穏やかにここで過ごしています。あとは彼の体力次第です」

　体力次第……。

　その言葉に胸がぎゅっと締めつけられる。

　最初に口を開いたのはお母さんだった。

「──再発後、ドイツで治療をしましたが、今後抗がん剤治療を続けたとしても、半年もたないと言われ、流星は抗がん剤治療を拒否しました。私は治療をすればもしかして、と願うあまり、流星の気持ちを無視してしまって……。結果嫌われて、今でも病室に入れてもらえません……」

　そしてお母さんはハンカチで涙を押さえる。

隣に座ってるお父さんも、重々しく口を開いた。
「僕だって、流星の希望を聞いてやるつもりでいたけど、結局受け止めきれなくて……。流星は僕たちに見切りをつけて、日本に帰って、なんでも自分で決めてしまって……」
　お母さん同様、うなだれてしまった。
「あの……流星はもう、お母さんにもお父さんにも、怒ったりなんかしてないです。ただ、おふたりがおっかなビックリ、流星のことを見てるから、わかってて知らん顔してる感じがします」
　あまりにも落ち込んでるから、ついそんなことを口にしていた。
「確かに、腫れ物に触るような態度をとってる自覚はあるよ」
「でもいまさらどうしたらいいか、わからないわ」
　どうやらかなり、行きづまっているらしい。
　私は背筋を伸ばして、3人の大人の顔を見比べた。
「……あの、おふたりに話があるんですけど。おじいちゃんにも」

　翌週の土曜日。
　病室に顔を出すと、本を読んでいた流星が「あれ?」という顔をした。
「アルバイトは?」
「うん、終わり。目標達成したから」
「目標?」

「そうなの」
「てか、なんか今日かわいくね？　髪フワフワしてるし……制服だけど」
「うん」
　うなずいて病室に入る私のあとから、ファッションマスターリエちゃんがひょっこり顔をのぞかせた。
「こんにちはー」
「えっ、リエ？」
　流星が意味がわからないと目を丸くすると、さらにタケルが、顔をのぞかせた。
「会場準備、オッケーだから」
「はっ、会場？」
　まったく話の流れについていけていない流星が、キョトンとする。
「じゃあリエ、オメカシよろしく」
「オッケー」
　腕まくりするリエちゃんは、ベッドの上の流星を、獲物を狙う鷹のような目で見ながら近づいていく。
「おい待て、なんか目がマジでこえぇんだけど！」
「そりゃマジだよ、一世一代の晴れの舞台だもん！　アミカも手伝ってね」
「了解です」
　敬礼して、私もあからさまにおびえる流星に手を伸ばす。
「ふはは、よいではないか、よいではないか……」
「なっ、なんなんだよ、その悪代官な悪だくみ顔は、アミ

カーッ！」


　中庭にある、礼拝堂の前まで車イスを押したのはタケルだった。
　彼も、流星も学ラン。私はセーラー服。
　だけどいつもと違うのは、彼の学ランの胸ポケットにはブートニアが飾られ、私の手にはブーケがあるということ。
「……どういうこと、これ」
「私たちの結婚式」
「マジで？」
「マジだよ」
　私は笑って、ドアの前に立つカナとタケルに微笑みかける。
「私はまだ15歳で正式には結婚できないけど、神様にお伝えしておきたいんだ。私と流星はこれから先もずっと、ずーっと一緒だって。いい？」
「アミカ……」
　流星の顔が、今にも泣き出しそうに歪む。
「じゃ、先に新郎ご入場だなー」
　カナが満面の笑みで、ドアを開け、タケルが車イスを押して中に入る。
　小さな礼拝堂には、クラスメイトと、花山先生、やよいさん、そして流星のご両親。
　私のお母さんと、谷尾さん、そして病院の医療スタッフで満員御礼、ぎゅうぎゅうだった。

流星を見て、みんなが大きな拍手をする。
　流星は左右をキョロキョロと見回しながら、
「マジで全員いるじゃん！　マジかよー！」
　と、はしゃいだように笑顔になった。
　笑顔になっているのは流星だけじゃない。
　彼の両親も、うっすらと涙目で、それでも笑って、拍手している。
　アルバイトをしていたのは、すべてこのため。
　これは誰ひとり欠けることなく、クラスのみんなで作った、手作りの結婚式だ。
　私にできることなんてなにもないけど、流星のこと好きでいるだけだけど。
　一瞬でも笑ってくれるなら、なんでもする。
「──アミカ」
　カナが用意してくれたヴェールをつけてくれた。そして白衣姿のおじいちゃんが、私の隣に立つ。
「まさかこんなに早く、花嫁の父親役が回ってくるとはなぁ……」
「ふふっ、そうだね。ありがとう、おじいちゃん。大事なおばあちゃんの礼拝堂を貸してくれて」
「そりゃ、あいつだって大喜びだよ。きっと天国から見守ってくれてる」
「うん……」
　流星に聞かれたときは、物置なんて言っちゃったけど、ここはおばあちゃんの願いで建てられた、礼拝堂。

体が弱かったおばあちゃんは、無理をしてお父さんを産んでからずっと、自宅療養をしていたのだけれど、いよいよ悪くなって入院したときに、おじいちゃんに礼拝堂を立ててほしいとお願いしたらしい。

　新井山病院には、そういう理由で礼拝堂が敷地内にあるんだ。

「新婦入場です」

　カナがドアをゆっくりと開ける。

　温かい拍手に包まれながら、おじいちゃんの腕に手をかけて、礼拝堂の中をまっすぐに進む。

　正面には神父様。そしてタケルに支えられながら、車イスから立ち上がる流星。

　おじいちゃんから流星へ、私は彼の負担にならないよう、そっと腕に手をかけた。


　その健やかなるときも
　病めるときも
　喜びのときも
　悲しみのときも
　富めるときも
　貧しいときも
　これを愛し、これを敬い、これをなぐさめ、これを助け
　その命ある限り
　真心を尽くすことを誓いますか

「誓います」
　礼拝堂に響く私の声に、隣の流星が唇を噛みしめる。
　私の短いアルバイト代で買えたのは、ただの輪っかのシルバーリング。
　でも素材なんてなんでもいい。流星が私の薬指にはめてくれたら、それは天上の星と同じ価値があるから。
「では、誓いのキスを」
　私を見つめる流星の目。
　黒くて、きれいで、キラキラしてて、本当にきれい。
　こんなにきれいだから、神様はきっと流星を星として夜空に飾ってくれる。
「アミカ。ありがとう。いつまでもどこでも、俺はアミカを見てるよ。アミカを守る……そばにいる」
　少し恥ずかしそうに流星は微笑んで、そして唇に触れるだけのキスを落とす。
　いつもひんやりと冷たい流星の唇に、その瞬間熱がこもったような気がした。
　たくさんの拍手と、みんなの笑顔。
　流星だっていつまでもうれしそうに、笑顔で。
　一生忘れられない、胸に刻み付けられた思いに、笑いながら、涙があふれて仕方なかった。


　そして私たちはみんなの祝福を受け、神様の前で夫婦になった。
　もちろん私は15歳で、世間からはちゃんとした夫婦だっ

て認められるわけじゃないけど。

でも世間に認められなくても、よかった。

家族や、クラスメイト、病院のスタッフ、深い絆で結びついた人たちに祝福してもらえたら、十分だったんだ。

「今日は特別よ」

お母さんが、流星の病室に私のための簡易ベッドを運ぶのを手伝ってくれた。

「うん、ありがとう」

病室のドアの前で、セーラー服からちょっとかわいいルームウェア姿に着替えた私を見て、お母さんはなんだか感慨深そうに目を細める。

「アミカちゃんがこんなに早くにお嫁に行くなんて、思わなかったわ」

「そうだね。私も自分で計画しておいてビックリしちゃった」

「ふふっ」

おどけた私を見て、お母さんは笑い、それから真顔になって、いきなりぎゅっと私を抱き寄せた。

なにも言わないけれど、そのぬくもりからなにかが伝わってくるような気がした。

お父さんが入院したときの記憶は、ほとんど私にはないけれど、きっとお母さんもたくさん苦しんで、それでもずっと、お父さんのそばにいたんだ。

幼い私を抱えて、どれだけ大変だっただろう。

「お母さんの娘だからね。私も強いんだよ」

「うん……」
　また腕の力が強くなる。
「大丈夫だよ」
　お母さんの背中をとんとんとたたいて、何度も振り返りながら帰っていくお母さんに手を振った。
　それから私は目を閉じて、自分の心の中を見つめる。
　まるで静かな海のように安らかな気分だった。
「よし」
　くるっときびすを返して病室の中に戻ると、窓の外を眺めていた流星が私を振り返った。
「アミカ」
　その顔はちょっとまだ結婚式の興奮が冷めやらぬって感じで、なんだかかわいい。
「お待たせ。新妻(にいづま)の登場ですよ」
「なんだよ、新妻って」
　流星は苦笑して、ベッドに駆け寄って隣に座る私の手を取った。
　そして私の頬に指を乗せる。
「でも、本当にきれいだったな。お前の花嫁姿」
　少しまぶしそうに目を細めて、流星がつぶやく。
　セーラー服にヴェールとブーケを持っただけの私が、果たして客観的にきれいだったかどうかは怪しいのだけれど、流星がそう思ってくれたのなら、それで私は満足だった。
「ホント？」
「ああ。マジで見とれた……誓いのキスの前に、キスした

くなった」
　直球ストレートな愛の告白に、顔がカッと熱を持つ。
「もうっ……照れるじゃない」
　私は照れながら彼と見つめ合った。
「リエちゃんが、本当のウエディングドレス用意しようかって言ってくれたんだけど、私は背伸びせず、今のセーラー服のほうがいいと思ったんだ」
「うん……そうだな。俺もそう思う」
「会場はね、クラスのみんなが毎日こそこそと飾り付けに来てたんだよ」
「こそこそかよ。全然気づかなかった」
「ふふっ……大成功だね」
「ああ」
　そして流星は、私の体をぎゅっと抱きしめる。
「ありがとうアミカ。みんなにも……礼、いくら言っても足らない気がする」
「お礼なんて……いらないよ。私はただ流星と将来を誓い合いたかっただけだし。クラスのみんなだって、流星と私をお祝いしたいって気持ちで、集まってくれたんだから」
「そっか」
「うん」
　私はにっこりと笑って、そのまま流星の体を支えながら、ベッドに横たわらせる。
「流星」
　彼の大きな手を握り、そして頬を手のひらでなでる。

「私こそ、ありがとう。こんなに幸せにしてくれて」
　それは嘘偽りない、私の本心だった。
　長い人生の中で、どれだけの人がこれほど人を愛せるだろう。
　手を握っているだけで、見つめ合うだけで。泣きたくなるくらい幸せになれる。
　私は本当に幸せ者だ。
「相変わらず、ここぞってところで殺し文句を吐くなぁ……俺の奥さんは」
　流星は笑って、そしてようやく痛み止めの薬が回ったのか、まぶたがゆっくりと落ちていく。
「流星……」
　じっと、まぶたが閉じるのを待って。
　それから穏やかな寝息が聞こえてきたら、握っていた手をほどいて、シーツの上に置く。
　風邪をひかないように、しっかりと毛布を肩までかけた。
　そしてパイプイスをベッドのそばに置き、毛布を自分の肩にかけて、流星を見つめる。
　最初から、今晩は眠るつもりなんてなかった。
　今日は夫婦になった私たちの特別な夜だから。
「いい夢を見てね、流星」
　心を込めて、彼の額にキスをする。
　窓の外の月がやけにまぶしい夜だった。

最終章
# 君と最後の瞬間(とき)

# クリスマスの音色(ねいろ)

　結婚式をあげてから10日後。
　新井山病院はクリスマスムードで、盛り上がっていた。
　なんと流星の発案で、病院内で入院患者を集めてクリスマスパーティーをすることになったんだ。
「ここ、家に帰れない子供もいるだろ？　職員がサンタさんの格好をして、プレゼントを渡してくれるらしいけど、パーティーまでする余裕がないって聞いたからさ。俺、やろうと思って。どう思う？」
「パーティー……すごく、いいと思う！」
　話を聞いて、私はぶんぶんと首を縦に振った。
「だろー。楽しいクリスマスにしたいよな」
　そう言ってベッドの上で笑う流星は、とても優しい顔をしていた。
　私はいつだって流星のことしか考えていないのに、流星はいつも周りの人のことを考えている。
　なんて強くて優しい人なんだろう。
　この人と結婚して本当によかったと、心から誇らしく思った。
　ただ、私と流星のふたりですべてをまかなうのは現実難しいということで、クラスのみんなが手伝ってくれることになった。
　全員が来るとかえって迷惑になるからと、教室で飾り付

けを作ってくれて、クリスマスパーティー当日には、クラスのみんなから手作りの折り紙の輪っかつなぎや、クリスマスモチーフのはがせるステッカーが大量に届いた。
　そのおかげで、参加したいという入院患者とスタッフで、クリスマス会の会場になる待合室を飾り付けることができたんだ。
「量があるとかなりそれっぽくなるなー」
　タケルが感心したように腰に手を当てて、壁を見つめる。
「ほらほら。自画自賛してないでちゃっちゃ動く～！」
「あいたっ！」
　お母さんが作った料理を運ぶカナが、タケルのお尻にきれいなキックを決めて、それを見た子供たちが、「ねえちゃん、ナイスキックだ！」とはやし立てて、どっと笑いが起こる。
「おー、相変わらずだな」
　そこに流星がひょっこりと姿を現して、タケルが不服そうに唇を尖らせた。
「お前なー、次からはもっと早く言えよ。俺はこう見えて、割と準備には時間をかけたいタイプなんだよ。突貫工事はハラハラするんだよっ」
「悪いな」
　流星はくすっと笑って、せっせと輪っかつなぎを作っている私の隣に腰を下ろし、折り紙とはさみを手に取った。
「次かぁ……」
　そういう流星の目はきらきらと光っていて、次はなにを

しようかって考えているのが手に取るようにわかった。
　流星は生きることを一瞬だってあきらめていない。
　だから私も、彼を信じて強くなれるんだ。
「お花見とかどう？」
　私の提案に流星は目を輝かせる。
「いいね、花見か」
「花見なら、やっぱり小学校近くの、桜通りじゃない？　あそこすごいから。ずーっと桜一色」
　カナの言葉に、ふと思い出した。
　そっか……。
　流星が死のうとしたあの場所は、確かに桜の名所だった。
「いいじゃん。あそこだろ？」
　流星が意味深に微笑んで、私の顔をのぞき込んできた。
「楽しみだな」
「うんっ」
　一度は死のうとした場所に向き合って、流星は変わろうとしている。
　それは勇気だ。
　そのことに気づいて胸が熱くなった。
　３時から始めたクリスマスパーティーは、最初から最後まで、笑いが絶えなかった。
　特に、学校で流行っている手遊びのリズムゲーに、スタッフ込み、老若男女で大盛り上がりで。
「俺のリズムは世界一ぃ！」
　と豪語するタケルの発案でトーナメント戦をすることに

なって──。
「うおおおおおお！　多賀宮っ、お前は"接待"という日本の伝統を知らねえのかよっ！」
「接待？　なにそれおいしいの？」
　案の定、流星が優勝した。
「にーちゃん、めっちゃ悔しがってるな！」
「カッコわるーい」
　床によつんばいになって悔しがっているタケルを見て、子供たちはゲラゲラと笑っている。
「流星おにいちゃんが優勝でーす」
　ちいさな女の子が、輪っかの飾りでネックレスを作ってくれた。
「ありがとう」
　流星はうやうやしくその栄誉を受け、相変わらず床にはいつくばっているタケルを見下ろした。
「新しいリズムゲー仕入れたら、また頼むぜ」
「くっ……屈辱っ……」
「ファイトだよ、タケル」
　カナも涙が出るほど笑っていた。
　それから久しぶりに流星はヴァイオリンを弾いてくれた。
　『きよしこの夜』、『アメージンググレイス』。
　あれほど大騒ぎしていたのに、みんなうっとりと流星のヴァイオリンに耳を傾けている。
「いい音だな」

気がついたら、仕事をちょっとだけ抜け出してきたらしい、おじいちゃんも来ていた。
「うん」
　私はうなずいて、おじいちゃんと流星のヴァイオリンに耳を傾けていた。
　私は音楽にまったく詳しくないけれど、彼のヴァイオリンは彼の心そのままだと思う。
　流星の優しさや思いやり、強さが、そのまま音色になって、人の心に届いていくんだ。
　アメージンググレイスを弾き終えて、流星はヴァイオリンを下ろした。
　子供たちは大きな拍手をして「アンコール！」と叫んでいたけれど、おじいちゃんがスタッフに目配せをして、クリスマス会は惜しまれながら終了ということになった。
　タケルが車イスを運んできて、流星を座らせる。
「サンキュ」
「おう。じゃあ戻るかー」
　流星の言葉にタケルはうなずいて、車イスを押していく。
　ふたりの姿が見えなくなって、カナが気遣うように私の背中をさすってくれた。
「アミカ」
「うん、大丈夫」
　頬を伝う涙を手の甲でぬぐう。
　流星に泣いているところは、見られなかった。
「流星のヴァイオリン、聴けてうれしかっただけだよ」

えへへと笑うと、カナがホッとしたようにうなずいた。
「そっか。でも本当、いい演奏だったね。タケルが動画撮ってたから、あとでシェアしてもらおう」
「クラスのみんなにも見てもらいたいな。流星も喜ぶと思う」
「あー、それ絶対うれしいよ。みんなパーティー来たがってたもん」
　そこにタケルが戻ってきた。
「流星は？」
「先生に痛み止め打ってもらってた」
　その顔はちょっと心配そう。
　やっぱりタケルは彼なりに意識して、明るく振舞ってくれていたんだ。
「カナ、タケル。ふたりとも、今日は来てくれて本当にありがとうね」
「俺たちは好きで来てんだよ」
「そうだよ、アミカ」
　そしてタケルとカナは、「また来る」と、ひらひらと手を振って帰っていった。
　私はふたりを玄関まで見送ったあと、そのまま流星の病室へ向かった。
　痛み止めを打たれた流星は、ベッドで静かに眠っている。
　その寝顔は本当に穏やかで。ツラそうじゃなかったから、ホッとした。
　今日を楽しみにしてたもんね。

よかったなぁ……。
　流星を起こさないように毛布をかけなおしながら、彼の顔を茜色に染める夕日に気づき、カーテンを閉めようと窓辺に立った。
　5時少し前。太陽が沈み始めて、ぼんやりと月が浮かび上がって見える。
　オレンジと紺色が混じり合う、不思議な時間。
　じっと見つめていると、まるで刷毛で何度も同じ色を重ねていくように夕闇が急速に濃くなっていく。
　ぽつぽつと、遠くに街のネオンや街灯がつき始めていく。
　流星のことを好きになる前は、こんなふうに空の色だとか、街の風景なんて気にしたことはなかった。
　きっと私は、流星と生きる毎日を一瞬だってムダにしたくないんだろう。
　心のどこかで、彼との日々が、残り少ないことを考えなければならないと、感じているから……。
　本当はそんなこと考えたくない。
　普通のカップルみたいに、今、お互いだけを見つめて、未来のことだけを語り合っていたい。
　覚悟なんか、したくない……。
　けれどそのときは、着々と近づいている。
　もう、見て見ぬふりなんてできないくらいに。

## 未来へ

　そうして年が明け、新年がやってきた。
　寒い時期は体調もあまりよくないみたいで、流星はベッドで寝ていることが多くなった。
　それでもすべてが悪い方向にいっているということもなくて、なんと一時的ではあるけれど、難しい投薬と輸血が同時進行でうまくいくという奇跡が起こり、流星は安定した状態を保つことができていた。

　3月に入ったばかりの、ある日の午後。
　いつものように本を読んでいた流星が、ふと思い出したように読みかけの本を膝の上に置いた。
「そういや桜、もうすぐだな」
　今年は寒くて、例年より遅れるとニュースで言っていた。
「桜の時期って、アミカと出会って1年になるだろ……なんていうか、強烈だったじゃん。お互いに」
　流星が思い出したようにクスッと笑う。
「笑いごとじゃないよ。私、幽霊だって思ったんだから」
「そりゃ悪かったな」
　死のうとしたふたりが出会って、恋をして。
　そしてひとりは、もうひとりの旅路の終わりを見送ろうとしている。
　最後の日は、刻々と近づいている。

「でもあのとき、俺もうろうとする意識の中で、アミカのこと天使だって思ったんだよなぁ……」
「え？」
　彼の言葉に、ふとあの夜、目が合ったような気がしたことを思い出した。
「俺はアミカがいなかったら、あのとき死んでいた……こうやって今俺が生きているのは、アミカのおかげだ」
　そして流星はにこっと笑って、私の手を握る。
「ありがとう、アミカ。俺に死に方じゃなくて、生き方を選ばせてくれたのは、アミカだ」
「流星……」
　ありがとうなんて、私のセリフなのに。
　私こそ、ありがとうなのに。
　涙がこみ上げてきそうで。あわてて流星に抱きついた。
「ホントさ、毎日を生きる希望っていうのは、別に壮大なものじゃなくたって、いいんだよな」
　流星は、私の頭をゆっくりとなでてくれた。
「花が咲いてるとか、今日は天気がいいとか。逆にしとしと降る雨の音が心地いいとか……。こういうとき、素直に甘えてくるアミカがかわいいとか……そんなんですげー幸せになれる」
　流星の大きな手が、私の髪をすいていく。
「俺、幸せ」
　流星は強い。
　こんな状況で、幸せと笑えるんだから。

だから私も笑うんだ。
私と流星は鏡同士だから。
相手が笑ってくれたらうれしくなって。
泣かれたりしたら、悲しくなるから。
「私も。流星とこうやって一緒にいられて、幸せだよ」
　なんとか涙を引っ込めて、えへへと笑いながら顔を上げると。
　流星がじっと私を見つめているのと目が合った。
「アミカ……」
　流星の手が、頬に触れる。
　彼の左手の薬指には、少しゆるんだシルバーリングがはまっている。
　その手で、指で、とても大切な宝物のように、私の頬をなで、それからちょっと恥ずかしそうに、ささやいた。
「キス……したいんだけど」
　流星のストレートな言葉に、私の頬もカッと熱くなる。
　まだ時計は午後の２時で。ふたりきりと言っても、当然病室は明るくて。
　だけど私は、流星のかわいいおねだりに、胸がいっぱいになってしまった。
「う、うん……私も」
　体を起こして、ゆっくりと流星に顔を近づける。
　私たち、結婚してるのに。いつまで経っても心臓がドキドキして、苦しくて。
　きっと私はこの先の未来もずっと、流星に恋をしている

んだろうと、そんなことを思った。
「好き……」
　私の告白に、
「俺も」
　流星が長いまつげを伏せる。
　唇を重ねると、触れた先から熱が伝わってくる。
　ドキドキしすぎて、心臓が壊れそうになるけれど。
　私は流星に出会うために生まれて、そして愛し合うために今、生きているんだと、強烈に実感するんだ。
「流星の唇、熱いね……」
　永遠にも感じるような長い時間、けれど1分にも満たないキスのあと、顔を離すと、流星が燃えるような瞳でじっと私を見つめていた。
「ダメだ……足らない」
　かすれた声が色っぽくて。
　私は照れながらも、うなずいた。
「うん……」
　お願い。神様がいるなら、流星をもっとたくさん、幸せにして……。


　それから数日後。
　九州で桜が咲いたというニュースが流れて、流星はベッドの上で目を輝かせた。
「こっちで咲いたら、見に行こうな」
「うん、行こうね」

流星が望むのと同じように、私も、どうしても流星と桜を見たいと思っていた。
　去年、桜の時期に死を選んだ流星は私によって息を吹き返した。
　だから、今年の桜を見たら、また奇跡が起こるんじゃないかと、私はそんな期待をしていたんだ。
　けれど……。

　その日の夜。ダイニングテーブルでお母さんが淹れてくれた紅茶を飲みながら勉強をしていると、おじいちゃんから電話があった。
『アミカ。すぐ病院に来なさい』
　全身から血の気が引いた。
　こんな電話、今まで何度かあった。
　けれど今回は、おじいちゃんの声が、違った気がした。
　スマホを握りしめたまま硬直する私を見て、お母さんが立ち上がる。
「タクシーを呼ぶわ」

　病室に入ると、流星はほとんど目を閉じたままだった。
　病室の隅にはおじいちゃんが黙って立っている。医者であるおじいちゃんにもうできることはないんだと、わかった。
　ベッドサイドに行き、流星の手を握ると、彼は少しだけ目を開けた。

「アミカ……？」
「うん。そばにいるよ」
　私はしっかりと、流星の手を両手で握りしめる。
「星が……春の星が、見たい」
「わかった」
　それからしばらくして、流星のご両親、やよいさん、花山先生、遅れてタケルとカナが病室にやってきた。
　タケルとカナのふたりにはうちからプラネタリウムを持ってきてもらうよう頼んでいたんだ。
　タケルが手を震わせながら装置をセットして、病室にはプラネタリウムの星空が映し出される。
「流星、見える？」
「ん……ああ。見えるよ」
　流星は長いまつげを震わせながら、じっと満天の星空を見上げる。
「流星。今ね、お父さんとお母さん、やよいさんに、先生も来てるよ」
「うん……」
　流星は子供のようにこっくりとうなずいて、そして口を開いた。
「父さん、母さん……最後まで、わがままな息子で、ごめんな……。やよい……うるせえお前がいてくれて、助かると思うことも、あったよ……。じいちゃん、学校、行かせてくれて、ありがとう。おかげで最高の思い出、できたよ……」
　その声はとても小さい声だったけれど、その場にいるみ

んなの耳にしっかりと届いた。
「流星っ……」
　ご両親とやよいさん、花山先生は滝のような涙を流して、うなずいている。
　声を上げて泣かないように、必死に唇を噛みしめている。
　私はさらに強く、流星の手を握った。
「タケルと、カナもいるよ」
「……お前たちも、ありがとう……お前たちのおかげで、ホント学校、楽しかった……てか、早くくっつけよ……」
「なっ……なに言ってんだよ、バーカッ！」
　タケルがワハハと笑いながら、ぽろぽろと涙を流す。
　カナも笑顔で、泣いていた。
「──アミカ」
　流星の目が、ゆらゆらと揺れながら、私を捉える。
「なあに？」
　もしかしたらもう、彼の目にはなにも映っていないのかもしれない。
　それでも私は、流星の顔をしっかりとのぞき込んだ。
　彼のきれいな目を見つめた。
「屋上でキャンプしたとき……願いごとしてないって言っただろ。あれ、嘘だから……」
「え？」
「お前が最後までずっと、笑顔でいられますようにって、お願いしたんだ……」
　ああ……。

あなたって人は最後まで、どうして。

どうして私のことを、思ってくれるの？

涙があふれて、止まらない。

「すごいっ……そのお願い、叶ってるね！」

私は流星を見つめて、精一杯、にっこりと笑った。

目を細めた瞬間、ぽたぽたと、流星の頬に、私の涙が落ちる。

「うん……そうだな。よかった……笑ってるな」

流星は満足そうに笑う。

呼吸は少し荒いけれど、本当にきれいな笑顔だった。

「アミカ……」

ベッドの中で流星はそうつぶやいて、そのまますうっと目を閉じて。

そして……天国へと旅立った。

結婚式から３ヶ月。

ドイツで余命を半年と宣告されてからなんと１年。

流星は精一杯生きて、笑って、私と恋をして。

静かに、眠るようにこの世を去って、天上の星になったんだ。

## エピローグ

 春が来て、夏が来て。秋を迎え、長い冬をやり過ごす。その繰り返し。きっとこれからもそう。
 だけど流星がいない。
 学校でも家でも、楽しく過ごしているつもりではいるけれど、気がつけば私の景色には色がなくなっていた。
「アミカちゃん、そろそろ眠ったほうがいいんじゃないの？ 明日はいよいよ本番よ」
 センター試験を明日に控えて、だらだらとソファーでテレビを見ていたら、お母さんがひょっこりと私の顔をのぞき込んできた。
「いくら判定がよくて大丈夫なんて言われても、万が一ってことはあるんだから」
「うん……そうだねぇ……」
 気のない返事に、お母さんは肩をすくめる。
「まぁ、ずいぶん余裕なんだから」
 お母さんは相変わらず谷尾さんとうまくいっている。私もたまに食事をするけれど、彼はまだ、私のお父さんにはなっていない。
 たぶん気を遣われているんだと思う。気にしなくていいよと言ったことはあるんだけど、お母さんは「なにを言ってるの！」と目を丸くしたので、まだそんなつもりはないのかもしれない。

そして——数年前の私が聞いたらおどろくだろうけど、結局私は医大を目指していた。
　模試の判定も合格圏内。学校でも予備校でも、まず問題がないと太鼓判を押されてはいる。
　私が医者を目指すのは、日本ではまだなかなか根付いていない、ターミナルケアを学ぶため。
　ちなみにターミナルケアとは、患者の意思により、延命を行わず、身体的にも精神的にも苦痛を伴わないよう看護や介護をし、その人らしい最期を生きるために行う、終末期医療のこと。
　日本ではまだまだ、治療を拒む人を受け入れてくれる病院が少ないんだ。
　だけど流星の死後、ターミナルケアを普及させることが私の夢になった。
　おじいちゃんは私の話を聞いて、なんとも渋い顔をしたけど……。
　かつておばあちゃんを看取ったおじいちゃん。
　そして流星を看取った私。
「おふたりはよく似てますよ、きっと成し遂げます」と、おばあちゃんの親友で、なおかつおじいちゃんのそばでそれを見てきた有佳子さんが、保証してくれたんだ。
　だから私は医者になる。
　それが私の使命だと思っているから。
　テーブルの上に置いていたスマホが、メッセージを受信して震えた。

手に取って見れば、やよいさんだった。
【いよいよ明日はセンター試験ね。昨日、部屋を片付けてたら、手紙が出てきたの。速達で送ったから、ちゃんと受け取ってね】
　手紙？
「お母さん、私あてになにか来てた？」
　食器を拭いているお母さんに尋ねると、
「机の上に置いたわよ。見てなかったの？」
　と、返事。
　その言葉に自分の部屋まで戻ると、確かに封筒が１通置いてあった。
　はさみで封を開けると、１枚のルーズリーフが出てくる。
　何気なく広げて、息をのんだ。

お前が泣いたら
俺はすぐに鳥になって
お前のもとに飛んでいこう
そして元気が出るようなご機嫌な歌をうたおう
きっと笑ってくれるだろう

お前が泣いたら
俺はすぐに花になって
うつむくお前が顔を上げてくれるように
きれいな花を咲かせてみせよう
きっと笑ってくれるだろう

だからどうしても寂しくなったら
空を見上げて
俺の名前を呼んで

信じて
俺がいつだって見守っているということ

ひとりになんかしない
いつでも
どこでも
そばにいる


　確かに、流星の字だった。
「私、あて……?」
　そう、アミカへと書いてあるわけじゃない。
　けれど間違いなく、これは流星から私へのメッセージだって、すぐにわかった。
　あわててスマホからやよいさんに電話をかける。
『はい』
「やよいさん！　これ、どこから!?」
『見た?　それね、流星が読んでいたガイドブックから出てきたの』
「ガイドブック……?」
『春の行楽百選、ってやつ……。あちこちに、フセンが貼ってあるの。あの子、あなたと出かけること、本気で考えて

たんだなって……』
　やよいさんは電話の向こうで息を止め、そして笑った。
『だからね。それ、遺書とかそんなしめっぽいものじゃないんだって、私思ったの。流星らしいわよね』
「はい……」
　電話を切って、私はじっと手紙を見つめた。
　遺書じゃない……流星からのメッセージ。
　手の甲で涙を拭いて、階段を駆け降りた。
　テレビではお天気キャスターが、関東に雨が降り始め、明日は豪雨になるだろうと告げている。
　雨……。
　首の後ろが、さわさわとざわついた。
「あら、明日は早めに出たほうがいいかもね……って、アミカちゃん、どこ行くの!?」
「コンビニ、すぐ戻るから!」
「ええっ、雨が降り出したって言ってるのに、こら、アミカッ!」
　お母さんの声を振り切って、私はビニール傘を持ち家を飛び出していた。

　ビニール傘に落ちてくる雨はどんどん強くなる。スニーカーで出てきたから、すぐに膝から下がびしょびしょになった。
　確かにこのまま降り続けたら、明日はきっと豪雨かもしれない。

センター試験の前日にこんなことをしている受験生なんて、きっと私ひとりだろう。
　だけどニュースを見たとき、そうしないといけないって思ったんだ。発作的に。
　そして私は、ひとりで小学校の前に立っている。そう、3年前、流星と出会った場所。
　あれから一度もここに来ることはなかった。
　当然1月だから桜なんて咲いていない。丸裸の木々が並んでいるだけ。
　だけど私には、見えるんだ。
　ごうごうと流れる水の音の向こう、ピンクの帯みたいに流れる桜の花びら。
　その中に浮かぶ、街灯に照らされた鳥のような、花のような、流星の姿が。
「流星……」
　心の中でいつも呼んでる。
　だけど口に出したのは久しぶりだった。
「りゅう、せいっ……」
　名前を呼べば、苦しくなる。
　だけど私は彼を求めて名前を呼ぶ。
　流星のことを思うときだけ、世界が色づくから。
　たとえそれが悲しい色だとしても、彼のことを思うときだけ、私の目は四季の色を取り戻す。
「……っ」
　目から、喉の奥から、熱いかたまりがこみ上げてくる。

「りゅ、せいっ……」

 ぎゅっとこぶしを握る。

 雨の中、魂を振り絞るように、叫んでいた。

「りゅーうせーい！」

 けれど私の声はあっけなく雨にかき消されて、下水道に流されてゆく。流星がいる空まで届かない。

「流星……っ、流星っ！」

 流星が私にくれたたくさんの言葉。優しさ、約束。音楽。

 なによりも流星が私の思いを受け入れてくれたことも。

 最後の最後まで笑って、ただの一度だって、ツライと言わなかったのは、私のためだ。

 私が彼のためにしてきたと思ってきたこと全部。

 それはすべて残される私のためだった！


『アミカ。いつまでもどこでも、俺はアミカを見てるよ。アミカを守る……そばにいる』


 その言葉があったから、私は生きてこられたんだ。

 だけど人生は長いよ。長すぎるんだよ。

 流星の死に一生寄り添うんだと、自分の意思で医学の道を進むと決めたのに、ときどき、無性に寂しくなるんだ。

 会いたいよ。

 流星の声が聞きたい。

 アミカって、呼んで。

 心細くて死にそうな私を抱きしめて。大丈夫だって、私

はひとりじゃないって、言って。
　そうしたら私、またがんばれるから。
「流星……っ……」
　両目から涙があふれる。ポタポタと頬を伝って、雨の中に落ちていく。
　ザァザァと降り続く雨の中、ぼんやりと立ちつくしたまま、それからギュッと目を閉じた。
「ごめんね。なんだか、ちょっと弱気になっちゃった。忠犬アミ公たるもの、いつでも前向きにいないとね……。泣いたりなんかしたら、流星を心配させちゃう……」
　周囲から大丈夫といくら言われても、やっぱり試験前だからナーバスになっているのかもしれない。
　そんな自分の弱さを情けなく思いながら、家に帰ろうときびすを返したその瞬間。
「アミカ」
　耳もとで名前を呼ばれたような気がした。
　ハッとして顔を上げると同時に、ひらひらと、白いなにかが、目の前に落ちてくる。
「え？」
　傘をさしたまま、頭上を見上げて、目を疑った。
　大きな桜の木の枝に、びっしりと桜が咲いていたんだ。
　そんなはずない。今は1月なのに。桜が咲くはずがない。
　そう、頭では理解しているのに、現実、雨が止み、桜が咲いている。
　薄いピンク色の花びらが、風に吹かれて、ひらひらと桜

吹雪が舞っている。
　こんなことはありえないと思いながらも、私は呆然と桜が咲き誇っているのを見つめていた……。
　どういうこと？
　これは夢？
　首もとからチェーンを引っ張り出した。
　チェーンには私の結婚指輪を通して、肌身離さず持っている。
　目を閉じると、後ろから、流星が抱きしめてくれる、懐かしい気配がする。
　ああ……。
　流星が、ここにいるんだ。
　間違いなく、いるんだ……！


　それからしばらくして、お母さんに頼まれたのかタケルとカナが私を探しに来た。
　特にカナなんか涙目で、
「めちゃくちゃ心配したんだからっ！」
　と隣のタケルをバシバシとたたいていた。
「いってぇよ！　てか、なんなの、これ。まさか、桜……？」
「──うん。今、咲いたの」
　私が笑ってうなずくと、
「咲いたのって、なに受け入れてんだよ、おっかしいだろ、真冬だぞ!?」
　タケルがしゃがみ込んで花びらをつまむ。

「サクラサク。たぶん流星から私への贈り物だと思う」
 えへへと笑うと、カナとタケルは顔を見合わせたあと、もう一度、桜の木を見上げる。
「……確かにあいつなら、アミカのためにやるな」
「やるだろうね……」
 ふたりが当然のように受け入れてくれたことに、ふっと肩から力が抜けた。
「ごめんね、ふたりとも。よかったらうちでプラネタリウムでも見ない？」
「行く行くー」
 カナがノリノリでタケルの手を引いた。
「おい、明日試験本番じゃん！」
「前日にジタバタしても結果は出ないよ」
「はぁー？　心配するほうの身にもなれってーのー」
「それはこっちのセリフですっ」
 相変わらずのやり取りだけど、しっかりと手を握るふたりの関係は、ようやく昔とは変わり始めていた。
 流星も見てるかな？
 くっつけって言ってから何年経ってるんだよ、おせえよって、笑うかな。
 私、がんばるからね。
 流星が迎えに来てくれる日まで、毎日を大切にして、生きていくからね。
 ありがとう。流星。
 本当に、いつも、私のそばにいてくれて、ありがとう。

空を見上げると雨上がりとは思えない、満天の星が輝いていて。
　本当にきれいで、ああ、流星はここにいるんだって、感じた。
　きっと私の目は、色を取り戻すだろう。

　天国にいる流星が「手がかかるヤツ」って、苦笑するのが見えたような気がした。

END

## あとがき

中学2年の夏、消えてなくなりたいと思っていた。

当時の私は、他人の声はもちろんのこと、自分の声ですら、よく聞こえないことに悩まされていて。まるでずっと水の中にいるみたいで。適当に周囲にあわせて、笑って、はしゃいで。そしていつ嘘がバレるかとビクビクしていた。

けれどそんな私も、時が経ちどうにか大人になった。

ポメラニアンとチワワのミックスである"おかか"が、ソファーでボーッとしている私にキャンと鳴いた。

おかかは2年前、同居人のダイチが「俺がいないとき、寂しいだろ、やっぱり」と、知り合いのツテで貰ってきた保護犬で、猫過激派だった当時の私は「はあ？」と思ったのだけれど、確かに1年の大半を仕事で留守にする彼の不在を埋める、いや、それ以上の存在になっている。

「外は雨だよ。わりとひどいよ」

おかかの柔らかい背中を撫でながら、窓の外を見つめる。

そしてふと、小学生の頃、大雨が降るたびにカッパに長靴着用で、小学校近くの用水路に足を入れに行っていたことを思い出していた。

あの頃から私は、流されたかったし、消えたかったのかもしれない。そして今も、大人のくせしてこの大雨に少しだけ心惹かれている。

そこに突然、寝室で寝ていたはずのダイチが、少し眠そうな顔でリビングに姿を現した。
「おかかの散歩なら俺も行く」
「寝てなくていいの？」
　毎年、ダイチは夏が終わる頃に必ず倒れる。ハードワークで抵抗力が落ちたところに、金属アレルギー持ちのくせしてがっつり入れたタトゥーに負けて高熱を出すのだ。事実、数日前から彼は寝たきりだった。
「だいぶよくなったから。てか、お前が流されたら困るし」
　私が昔なにげなく話したことをダイチはわりと覚えている。彼はまったく意識していないけれど、そんな優しさに私はこれまで何度も救われている。

　雨に惹かれても、私はもう流されたいとは思わない。
　私を生かしてくれる優しさと強さを忘れたくない。
　その一心で書いた、雨の日に生まれたこの物語を、2冊目の本として出せることを幸せに思う。

　他愛もない日常をあとがきに代えて。
　この本を手に取ってくださった皆様、そして完成まで関わってくださった皆様に、心から感謝とお礼を申し上げます。

2016.11.25　あさぎ千夜春

この物語はフィクションです。
実在の人物、団体等とは一切関係がありません。

♥
あさぎ千夜春先生への
ファンレターのあて先

〒104-0031
東京都中央区京橋1-3-1
八重洲口大栄ビル7F

スターツ出版(株)書籍編集部 気付
あさぎ千夜春先生

最後の瞬間(とき)まで、きみと笑っていたいから。

2016年11月25日　初版第1刷発行
2018年11月9日　　　第3刷発行

著　者　あさぎ千夜春
　　　　©Chiyoharu Asagi 2016

発行人　松島滋

デザイン　カバー　金子歩未（hive&co.,ltd.）
　　　　　フォーマット　黒門ビリー&フラミンゴスタジオ

ＤＴＰ　久保田祐子

編　集　森上舞子

発行所　スターツ出版株式会社
　　　　〒104-0031　東京都中央区京橋1-3-1　八重洲口大栄ビル7F
　　　　ＴＥＬ　販売部03-6202-0386（ご注文等に関するお問い合わせ）
　　　　https://starts-pub.jp/

印刷所　共同印刷株式会社

Printed in Japan

乱丁・落丁などの不良品はお取替えいたします。上記販売部までお問い合わせください。
本書を無断で複写することは、著作権法により禁じられています。
定価はカバーに記載されています。

ISBN 978-4-8137-0174-3　C0193

# ケータイ小説文庫　2016年11月発売

## 『私、逆高校デビューします!』あよな・著

小さな頃から注目されて育ったお嬢様の舞桜。そんな生活が嫌になって、ブリッコ自己中キャラで逆高校デビューすることに! ある時、お嬢様として参加したパーティで、同じクラスのイケメン御曹司・優雅に遭遇。とっさに「桜」と名乗り、別人になりきるが…。ドキドキの高校生活はどうなる!?

ISBN978-4-8137-0172-9
定価:本体 590 円+税

**ピンクレーベル**

## 『深夜0時、キミと待ち合わせ』榊あおい・著

紗帆は口下手なため、入学したばかりの高校で"無言姫"と呼ばれている。ある夜、図書室でいちゃいちゃするカップルに遭遇!! 紗帆を助けたのは、いつも寝てばかりの"真夜中くん"こと新谷レイジ。紗帆はレイジに惹かれていくけど、彼には好きな人が…。ぼっち少女×猫系男子の切甘ラブ!!

ISBN978-4-8137-0173-6
定価:本体 560 円+税

**ピンクレーベル**

## 『君色の夢に恋をした。』琴鈴・著

高2の結衣の唯一の楽しみは、絵を描くこと。ひとりで過ごす放課後の美術室が自分の居場所だ。ある日、絵を描いている結衣のもとへ、太陽のように笑う男子・翔がやってきた。自分の絵を「暗い」と言う翔にムッとしたけれど、それから毎日やってくる翔に、少しずつ心を開くようになって…。

ISBN978-4-8137-0175-0
定価:本体 540 円+税

**ブルーレーベル**

## 『死んでもずっと友達だよ』神田翔太・著

女子高生・夏希が自殺をした。しかし数日後、夏希の友達でグループチャットのメンバーでもある香澄たちのもとに、死んだはずの夏希からメッセージが届くように…。さらに、夏希に誘われるようにメンバーが次々と自ら命を落としていく。夏希が友達を道連れにする理由を突き止めた香澄だったが!?

ISBN978-4-8137-0176-7
定価:本体 550 円+税

**ブラックレーベル**

# ケータイ小説文庫 好評の既刊

## 『キミがいなくなるその日まで』永良サチ・著

心臓病を抱える高2のマイは、生きることを諦め後ろ向きな日々を送っていた。そんな中、病院で同じ病気のシンに出会う。真っ直ぐで優しい彼と接するうち、いつしかマイも明るさをとり戻していくが…彼の余命はあとわずかだった。マイは彼のため命がけのある行動に出る…。号泣の感動作！

ISBN978-4-8137-0163-7
定価:本体550円+税

**ブルーレーベル**

## 『どんなに涙があふれても、この恋を忘れられなくて』cheeery・著

高1の心はクールな星野くんと同じ委員会。ふたりで仕事をするうち、彼の学校では見られない優しい一面や笑顔を知り「もっと一緒にいたい」と思うように。ある日、電話を受けた星野くんは、あわてた様子で帰ってしまった。そして心は、彼の大切な幼なじみが病気で入院していると知って…。

ISBN978-4-8137-0162-0
定価:本体570円+税

**ブルーレーベル**

## 『一番星のキミに恋するほどに切なくて。』涙鳴・著

急性白血病で余命3ヶ月と宣告された高2の夢月は、事故で両親も失っていて、全てに絶望し家出する。夜の街で危ない目にあうが、暴走族総長の蓮に助けられ、家においてもらうことに。一緒にいるうちに蓮を好きになってしまうけど、夢月には命の期限が迫っていて…。涙涙の命がけの恋！

ISBN978-4-8137-0151-4
定価:本体580円+税

**ブルーレーベル**

## 『きみへの想いを、エールにのせて』佐倉伊織・著

結城が泳ぐ姿にひとめぼれした茜。しかし彼はケガをして水泳をやめ、水泳部のない高校へ進学してしまった。茜は結城のために水泳部を作ろうとするが、なかなか部員が揃わない。そんな時、水泳経験者の卓が水泳部に入る代わりに自分と付きあえと迫ってきて…。自分の気持ちを隠した茜は…？

ISBN978-4-8137-0150-7
定価:本体590円+税

**ブルーレーベル**

# ケータイ小説文庫　好評の既刊

## 『はつ恋』善生菜由佳・著

高2の杏子は幼なじみの大吉に昔から片想いをしている。大吉の恋がうまくいくことを願って、杏子は縁結びで有名な恋蛍神社の"恋みくじ"を大吉の下駄箱に忍ばせ、大吉をこっそり励ましていた。自分の気持ちを隠し、大吉の恋と部活を応援する杏子だけど、大吉が後輩の舞に告白されて…?

ISBN978-4-8137-0138-5
定価：本体 590 円+税

**ブルーレーベル**

## 『ただキミと一緒にいたかった』空色。・著

中2の咲希は、SNSで出会った1つ年上の啓吾にネット上ながら一目ぼれ。遠距離で会えないながらも、2人は互いになくてはならない存在になっている。そんなある日、突然別れを告げられ、落ちこむ咲希。啓吾は心臓病で入院していることがわかり…。涙なしには読めない、感動の実話!

ISBN978-4-8137-0139-2
定価：本体 570 円+税

**ブルーレーベル**

## 『白球と最後の夏』rila。・著

高3の百合子は野球部のマネージャー。幼なじみのキャプテン・稜に7年ごしの片想い中。ふたりの夢は小さな頃からずっと"甲子園に出場すること"で、百合子は稜への気持ちを隠し、マネとして彼の夢を応援している。今年は甲子園を目指す最後の年。甲子園への夢は叶う? ふたりの恋の行方は…?

ISBN978-4-8137-0125-5
定価：本体 570 円+税

**ブルーレーベル**

## 『青に染まる夏の日、君の大切なひとになれたなら。』相沢ちせ・著

高2の麗奈は、将来のモヤモヤした悩みを抱えていた。そんな中、親友・利乃の幼なじみ・慎也が転校してくる。慎也と仲のよい智樹もふくめ、4人で過ごすことが多くなっていった。麗奈は、不思議な雰囲気の慎也に惹かれていくが、慎也には好きな人が…。連鎖する片想いが切ないラブストーリー。

ISBN978-4-8137-0126-2
定価：本体 590 円+税

**ブルーレーベル**

# ケータイ小説文庫　2016年12月発売

## 『泣いてもいいよ。』善生茉由佳・著

友達や母に言いたいことが言えず、悩んでいた唯は、第一志望の高校受験の日に高熱を出し、駅で倒れそうになっているところを、男子高校生に助けられる。その後、滑り止めで入った高校近くの下宿先で、助けてくれた先輩・和泉に出会って…？　クールな先輩×真面目少女の切甘同居ラブ!!

ISBN978-4-8137-0184-2
予価：本体500円+税

**ピンクレーベル**

---

## 『TIME LIMIT（仮）』陽-Haru-・著

高2の夏、咲希のクラスに転校してきたのは、幼なじみで初恋の相手だった太陽。10年ぶりに会った彼は、どこかよそよそしく、なにかを隠している様子。傷つきながらも太陽のことが気になってしまう咲希だけど、彼には命のタイムリミットが迫っていることを知り…。幼なじみとの感動の恋！

ISBN978-4-8137-0187-3
予価：本体500円+税

**ブルーレーベル**

---

## 『たとえば明日、きみの記憶をなくしても。』嶺央・著

高3の乙葉は、同級生のユキとラブラブで、楽しい毎日を送っていた。ある頃から、日にちや約束などを覚えられない自分に気づく。病院に行っても記憶がなくなるのをとめることはできなくて…。病魔の恐怖に怯える乙葉。大好きなユキに悲しませないよう、自ら別れを切り出すが…。

ISBN978-4-8137-0186-6
予価：本体500円+税

**ブルーレーベル**

---

## 『感染学校』西羽咲花月・著

愛莉の同級生が自殺してから、自殺＆殺人衝動を持った生徒が続出。ところが突然、生徒と教師は校内に閉じ込められてしまう。やがて愛莉たちは、校内に「殺人ウイルス」が蔓延していることを突き止めるが、すでに校内は血の海と化していて…。感染を避け、脱出を試みる愛莉たち。果たしてその運命は!?

ISBN978-4-8137-0188-0
予価：本体500円+税

**ブラックレーベル**

---

書店店頭にご希望の本がない場合は、
書店にてご注文いただけます。

# この1冊が、わたしを変える。
## スターツ出版文庫　好評発売中!!

# 一瞬の永遠を、きみと

沖田 円（おきた えん）／著
定価：本体540円＋税

**読書メーター　読みたい本ランキング第1位**

発売後即重版!!

## 生きる意味を見失ったわたしに、きみは"永遠"という希望をくれた。

絶望の中、高1の夏海は、夏休みの学校の屋上でひとり命を絶とうとしていた。そこへ不意に現れた見知らぬ少年・朗。「今ここで死んだつもりで、少しの間だけおまえの命、おれにくれない？」――彼が一体何者かもわからぬまま、ふたりは遠い海をめざし、自転車を走らせる。朗と過ごす一瞬一瞬に、夏海は希望を見つけ始め、次第に互いが"生きる意味"となるが…。ふたりを襲う切ない運命に、心震わせ涙が溢れ出す！

ISBN978-4-8137-0129-3

イラスト／カスヤナガト